클립 통에 들어간 자석

자전소설
클립 통에 들어간 자석

지은이 | 김정호
펴낸이 | 황인원
펴낸곳 | 도서출판 창해

신고번호 | 제2019-000317호

초판 1쇄 인쇄 | 2023년 01월 06일
초판 1쇄 발행 | 2023년 01월 13일

우편번호 | 04037
주소 | 서울특별시 마포구 양화로 59, 601호(서교동)
전화 | (02)322-3333(代)
팩스 | (02)333-5678
E-mail | dachawon@daum.net

ISBN 979-11-91215-68-7(03810)

값 · 11,800원

Publishing Club Dachawon(多次元)
창해·다차원북스·나마스테

자전소설

클럽 통에 들어간 자석

김정호 지음

자석 같은 선생님 김정호

점심시간 1학년 꼬마들이 물고기 떼 몰려다니듯 운동장을 내달린다. 뜨거운 여름날에도, 씽씽 찬 바람 부는 겨울날에도 한결같다. 그 속을 가만히 보면 자석이 끌어당기듯 아이들과 어울리는 선생님이 있다. 본인 말대로 자석 같은 선생님 김정호.

1학년 꼬마들의 담임은 대체로 여자 선생님이다. 편견을 깨고 선생님은 1학년을 자청하셨다. 아이들과 어울리는 모습을 보면 언제나 조근조근, 해맑은 모습이 자상한 아빠다. 남들과는 조금 다른 길을 걸어봤고, 조금 늦게 초등교사가 되었기에 누구보다도 아이들을 사랑하는 천생 초등학교 선생님이다.

《클립 통에 들어간 자석》은 김정호 선생님이 만난 아이들에 대한 사랑, 그리움이 흠뻑 묻어나는 글이다. 글을 읽으면서 마음속 깊이 함께 만났던 아이들이 어디선가 제 역할 잘해주었으면 하는 바램이 그대로 느껴진다. 그런 선생님의 따듯한 마음이 담겨 있는 이 책은 읽는 이들 모두에게 겨울날 아랫목 이불 속에 덮어두었던 할머니의 양말처럼 훈훈한 온기를 불어넣을 것 같다.

2022.12. 청봉초 교장
김동수

차례

※이 책의 내용은 사실을 바탕으로 재구성한 것이며 등장인물의 이름은 모두 가명임을 밝힙니다.

어느 날 문득 날아온 제자의 문자

"선생님 안녕하세요? 잘 지내시죠? 선생님이 많이 생각나서 연락드려요. 멀리 이사 오고 나서 좀 바빴어요. 한번 찾아뵐게요. 그럼 안녕히 계세요."

귀염둥이 1학년 아가들을 하교시키고 청소기를 부지런히 돌리고 자리에 앉았다. 창문 밖에서 들어오는 바람도 좋고 커피 향도 좋은 오후다. 스마트폰이 책상 위에서 부르르 진동하여 열어보았다. 저장되어 있지 않은 번호에서 문자가 와 있었다. 선생님이라고 부르는 것을 보니 제자 중 한 명일 것 같은데 이름을 남기지 않아서 누군지 알 수가 없었다. 스마트폰을 바꾸었거나 새로 스마트폰을 개통한 제자일 것이다.

얼른 답장을 했다.

'누구니?'

이렇게 보내려고 하다 잠시 머뭇거려졌다.

'누구니? 이건 아니지!'

오랜만에 선생님이 생각나서 연락했는데 선생님이란 사람이 건넨 첫 마디가 '누구니?'하면 참 섭섭할 것 같다.

그런데 궁금했다. 하지만 제자의 마음을 서운하게 할 수 없기에 스마트폰을 내려놓는다.

아이들은 복도에서 선생님을 만나면 항상 인사를 한다. 그때 이름을 불러주고 아는 척을 하면 아이들은 활짝 핀 꽃처럼 얼굴빛이 달라진다. 한편 인사는 받지만, 담임 맡았던 학생이 아니면 이름을 모르니 인심 좋은 선생님 표정으로 활짝 웃어주며 지나친다. 그때 그 학생의 눈빛은 '제 이름 모르세요?' 하는 것만 같다.

'그래, 곧 찾아온다고 하니 그전에 한 번 정도는 문자가 더 오겠지?'

그리고 자기가 누군지 밝힐 테니 기다려 보기로 했다. 그러나 제자의 문자는 물에 던져진 작은 돌멩이처럼 내 마음에 궁금함의 동그라미를 계속 만들어냈다.

나는 33살 늦깎이 교사가 되었다. 일반대학을 졸업하고 대학원을 다니다가 교육대학에 입학했다. 중간에 군대도 다녀왔다. 나의 20대는 대학교에 다니면서 다 지났다. 대학원을 다닐 때 생활비를 벌기 위해 학원 강사를 했다. 강사 생활은 과외보다 적성에 맞았다. 한 명을 두고 가르치는 것보다 여러 명의 학생과 칠판에 써가며 장난도 치고 재미있는 이야기도 하면서 복작대는 것이 참 재미있었다. 게다가 학생들도 잘 따라주고 부모들의 피드백도 좋으니 신이 나서 가르쳤다. 어릴 적부터 어린아이들을 좋아했고 명절이면 친척 동생들도 잘 데리고 놀았다.

학생들을 가르치는 직업이 내 적성에 맞는다는 것을 대학원 시기에 알게 되었다. 그리고 학생들을 가르치면서 수능 문제를 풀어보았는데 의외로 쉽게 느껴졌다. 그동안 부모님께서 학비 대주신 것을 생각하면 매우 죄송했지만, 인생을 길게 놓고 볼 때 적성에도 맞고 보람도 느낄 수 있는 교사로 살고 싶다는 간절한 마음이 생겼다.

교대 편입은 교직 이수를 하지 않아서 불가능하여 수능을 다시 보고 교육대학에 들어가기로 마음을 정했다. 근데 하필이면 그때 IMF 사태가 터졌고, 교육대학의 인기는 하늘 높은 줄 모르고 높아졌다. 공부는 하고 싶을 때 해야 하는 것인 줄 그때 알았다. 교대로 진학하여 초등학교 선생님이 되는 것만 생각해도 가슴이 벅찼다. 그렇게 시작된 수능 준비는 참 재미있었고, 결과는 생각보다 좋았다. 의대에 가야 하는 것인지 고민했다. 가끔 그때 의대에 갔다면 하는 생각이 들기도 하지만 그래도 나의 선택은 좋은 선택이었다.

'좋은 씨앗을 심는 교사, 마음을 터치하는 교사, 꿈꿀 수 없어 무너진 마음을 일으켜 주는 교사' 이런 교사가 되기로 선택한 결정은 지금도 현재진행형으로 내 가슴을 벅차게 하고 있다.

아무튼 갑자기 띠링, 하고 날아온 정체불명의 문자는 하루 종일 궁금증을 자아내고 또 교사로 살아온 삶의 어떤 순간순간들을 잠깐씩 생각나게 했다.

'누가 보냈을까?'

'녀석, 이름을 밝히면서 인사를 해야지….'

'내가 잘 못 가르쳤네! 잘못 가르쳤어….'

'선생님을 잠 못 들게 하고 말이야!"

이렇게 제자 찾기 프로젝트가 시작되었다

문자를 받은 어제 오후부터 저녁에 잠자리에 들기 전까지 그 문자를 보낸 제자가 누군지 궁금해서 스마트폰을 열어 몇 번을 읽었는지 모른다. 스마트폰을 바꾸면 전화번호 가운데 번호만 바뀌고 뒷자리는 그대로인 경우도 많으니 전화번호 뒷자리로만 검색을 해보았다. 그러나 허탕이었다. 밤 10시가 넘어서 '뭐하러 이러고 있지? 전화 한 통이면 끝날 일을…' 몇 번이고 문자에 찍힌 번호로 전화를 걸고 싶은 마음이 들었지만, 밤이 늦어서 차마 전화를 할 수 없었다.

그렇게 잠들어서 그런지 아침 출근길 신호등 대기시간에도 내 머리 위에 물음표가 뿅뿅하고 풍선처럼 생겼다가 터지는 것 같았다. 켄싱턴리조트를 지나면서 울산바위와 설악산이 눈에 들어왔다. 올해 가을은 유난히 단풍이 곱고 아름답다.

어려서부터 새싹이 돋고 꽃이 피는 봄이 좋았다. 땅도 폭신폭신하고 새 학기 설렘도 좋았고, 새 교과서 냄새도 좋았다. 그런데 이제 점점 가을이 좋아진다. 손만 뻗으면 닿을 것 같은 거리에 있는 설악산은 위에서부터 아래로 하루가 다르게 단풍이 성큼성큼 내려왔고 내 마음까지 빨갛게 물들여 갔다.

그런데 도대체 날 찾는 제자는 누굴까? 누군가가 나를 기억해 준다니 참 기분 좋은 일이다. 그것도 서로 데면데면한 관계가 아니라 서로를 그리워하고 좋아해 주는 사이라니 이 얼마나 좋은 일인가!

제자들과 함께 외치던 구호가 떠올랐다. 3개의 문장을 프린트하여 교실에 붙여 놓고 함께 읽으며 약속하곤 했다. 우리는 그것을 '위대한 유산'이라고 불렀다.

1. 나는 일생 동안 바르고 참된 것을 선택하며 살겠습니다.
2. 나는 일생 동안 다른 사람과 원수 맺지 않고 사랑하며 살겠습니다.
3. 나는 일생 동안 날마다 배우고 날마다 성장하며 살겠습니다.

요즘 보면 참 레트로 감성이 충만한 구호다. 그래도 바라기는 사랑하는 제자들의 마음에 잘 박힌 못처럼 남아서 삶의 중요한 순간에 좋은 선택을 하고 떳떳하게 살 수 있는 등불 같은 역할을 해주길 바란다.

내 인생에서 다른 사람들에게 당당히 보여 줄 수 있는 것이 무엇이 있을까? 통장 잔액도 동그라미가 몇 개 안 되고 석사학위도 하다가 중단했고 승진 점수도 바닥이다. 참 보여줄 게 없다. 그래서 그런지 제자의 문자 한 통이 신병교육대 훈련병 시절 받았던 편지 한 통처럼 그렇게 반갑고 기쁠 수가 없었다.

아침 등교 시간이면 교실 문 앞에서 맞이하며 서로 안아주며 인사하고 쉬는 시간이면 함께 뛰놀고, 주말과 방학이면 학교에 가고 싶다고 하여 부모님들이 놀라워했던 우리 반 제자들이 내 소중한 보물들이다.

'그래, 계절도 좋고 한데 그동안 정리 못한 자료들도 정리하고 제자들 편지도 정리해 볼까?'

이렇게 제자 찾기 프로젝트가 시작되었다.

이런 사람이 바로 스승입니다

많은 제자를 만났다. 그 아이들은 어떻게 살아가고 있을까? 좋다! 그동안 미뤄왔던 제자들의 편지를 정리해 볼까 한다. 그러다 보면 문자를 보낸 제자가 누군지 느낌이 오지 않을까?

지금까지 제자들이 마음을 담아 써준 편지를 간직하고 있다. 색종이에 '선생님 사랑해요'라고 적은 작은 쪽지부터 종합장을 쭉 찢어서 끄트머리에 스프링 구멍이 그대로인 쪽지도 있다. 또한 장문의 편지도 있고, 멋진 카드도 그리고 스승의 날에 학생들과 학부모님들이 손편지를 쓰고 한데 모아 클리어 파일이나 악어가죽 같은 커버로 묶어준 멋지고 보기만 해도 행복해지는 편지 책이 책장에 꽂혀 있다.

방학 때 펜트리를 정리하거나 뭔가 찾아볼 일이 있어서 편지통을 열고 몇몇 아이들의 편지를 읽어 볼 때가 있다. 몇 번씩 읽어본 편지인데도 읽으면 좋고 타임머신을 타고 간 것처럼 그때 그 교실과 제자의 얼굴이 떠오른다. 게다가 그 아이의 말투와 표정도 떠오르고, 그 아이와 관련된 에피소드들이 생각나서 나도 모르게 입

꼬리가 올라간다. 선생님에게는 제자들이 보람이고 행복이다.

스승의 날이면 교사들은 아이들의 편지와 문자를 받게 된다. 제자들에게 해준 것은 별로 없는 것 같은데 아이들은 선생님이 자신에게 해준 특별한 한두 가지 재밌었거나 가슴에 새겨진 격려와 칭찬을 그 선생님의 전체 이미지로 기억하며 감사의 인사를 전해온다.

과거에 선배 교사가 스승이란 글자를 칠판에 크게 쓰고 그 의미를 말해주었다. 나는 그 설명이 스승의 의미를 잘 담고 있다고 생각한다. 그래서 매년 아이들과 첫 만남에서 이러한 스승이 되겠다고 소개한다. 그리고 스승의 날에도 다시 한 번 칠판에 크게 쓰고 이야기한다.

한 번은 '수업 빛깔'이라고 해서 교사들이 자기의 교육철학이든 학급경영의 기법이든 취미생활이든 자유주제로 발표하는 시간이 있었다. 그때 나는 스승의 의미와 학급경영에 대해 나누었다. 스승에 대해 설명하자 다들 웃으면서 부지런히 메모하는 것을 보았다.

강원도로 오게된 이야기를 그림을 하나씩 그려가면서 다음과 같이 해준다.

강원도로 산 넘고 또 산을 넘어 차를 몰고 오고 있었습니다.

멋진 풍광을 지나자 호수가 눈에 들어왔습니다.

그런데 호수에는 물에 빠져 허우적거리는 학생이 있지 않겠어요.

그것을 본 운전자는 차를 세우고 망설임 없이 물에 뛰어들어 학생을 구하게 됩니다.

여러분, 이 사람을 우리는 누구라고 할까요?

의인, 구조대원, 수영선수, 학생 아빠…. 등등

여기저기서 여러 가지 대답들이 쏟아져 나온다.

여러분, 이런 사람이 바로 스승입니다.

제자들을 살리는 사람이 스승입니다.

저도 여러분에게 이런 스승이 되도록 하겠습니다.

오늘 여러분과 선생님의 만남은 엄청난 만남입니다.

여러분도 저에게 소중한 제자가 되어 주실 거죠?

이렇게 소개하고 나면 아이들 중에서는 선생님을 스승님이라고 부르는 아이들이 생긴다. 그러면 나도 모르게 나의 언행 심사에 있어서 모두 조심하게 된다. 스승은 완벽하고 훌륭해야 존경받고 스승이라 불리는 것이 아니고 스승이라는 호칭에 걸맞게 근신하며 살아가려고 애쓰다 보면 스승이 되는 것이 아닐까 생각한다.

제자들이 스승이라 불러줄 때 이상하게 어색하고 과분한 것 같은 느낌이 든다. 왜냐하면 아직 내가 교육자로서 양심은 있는지나 자신이 부족하다는 것을 늘 인정하고 있으니 말이다. 스승이라 불릴 때 듣기 좋고 당연시 여겨진다면 그때가 바로 교사 생활을 그만둘 때가 된 것이라고 스스로에게 다짐한다.

예전에 스승의 날을 보내며 학급밴드에 올렸던 글을 찾아보았다. 그때 학부모들에게 쓴 글을 소개한다.

스승의 날을 맞이하여 드는 생각

20□□. 5. 15.

"스승의 은혜는 하늘 같아서~~"

아침에 3년 전 제자가 영상으로 보내준 노래를 들었습니다.

속으로 나는 앞으로 몇 번이나 교실에서 이 노래를 더 들을 수 있을까? 하며 스스로에게 물어보았습니다.

이 세상 어떤 직업인에게 "○○의 은혜는 하늘 같아서~~"라는 노래를 불러줄까요?

의사의 은혜는 하늘 같아서, 소방관, 경찰관, 국회의원의 은혜는 하늘 같아서…….

이렇게 하지는 않잖아요.^^

교사라는 직업만 이 하늘 같은 은혜를 독식하는 건 옳지 않다고 생각합니다.

저는 저 위의 ○○에 우리 모두의 이름이 들어가야 한다고 생각합니다.

각 직업이 모두 귀한 자리니까요.

다만, 아이들에게 삶을 통해 지식과 인성과 삶의 태도까지 영향을 미친다는 의미에서 예로부터 스승의 자리를 귀하여 여겼던 것이 우리의 문화인 것 같습니다.

그래서 이 자리가 더욱 부담스럽고 해가 갈수록 쉽지 않은 일임을 느낍니다.

가르쳤던 아이들이 벌써 대학생이 되고 직장인도 되고 다양한 모습으로 각자 삶의 자리를 지켜가는 것을 봅니다.

일정 기간 이 사회에서 교사의 자리를 맡으면서 한 인생의 성장을 목격하는 영광을 누리게 된 것을 참으로 감사하게 생각합니다.

오늘 우리 반 아이들로부터 편지를 받았습니다.

간단한 몇 문장의 쪽지나 메모에 가깝지만 감동입니다.

고사리 같은 손으로 꾹꾹 눌러 쓴 삐뚤빼뚤한 몇 글자에 참 많은 것을 담았습니다.

이 귀엽고 귀한 아이들 맡겨 주셔서 감사합니다.

다시 마음을 다잡고 아이들에게 좋은 선생님이 되도록 노력하겠습니다.

자석쌤과 클립 제자

제자들이 보낸 편지가 들어 있는 상자를 열었다. 그 안에 담긴 쪽지와 편지를 하나씩 넘기다 보니 유난히 낡은 종이에 삐뚤빼뚤 적힌 글씨가 눈에 들어왔다.

"자석과 같은 우리 선생님"

15년 전 3학년 담임했던 박경석의 편지였다.

"경석아, 선생님 옷 다 늘어난다."

경석이는 일일반장 순서대로 줄을 서서 이동해야 하는데 줄도 안 서고 내 팔에 매달린다. 그러면 다른 아이들도 서로 밀치며 내 양팔을 잡으려고 실랑이를 한다. 한번은 흰색 셔츠를 입고 왔을 때인데 경석이가 연필을 갖고 무슨 장난을 치며 놀다가 만졌는지 시커먼 흑연이 흰색 옷소매를 시커멓게 만들어 버린적도 있었다. 오늘따라 나를 자석과 같다고 했던 경석이의 편지가 새롭게 다가왔다.

학교에서 보면 아이들은 선생님들을 참 좋아하는 것 같다. 장난치다 야단을 맞고 수업 시간에 떠들다 혼이 났어도 언제 그랬냐는 듯이 늘 자기 담임선생님에게 매달리고 조잘조잘거리며 즐거워하고 있는 것을 본다.

문득, 우리 반 아이들은 나를 만나기 전 몇 명의 선생님을 만났을까? 우리 반 아이들은 나를 어떤 선생님이라고 생각할까? 하는 궁금함이 생겼다. 이전에 함께 근무하던 선생님이 아이들이 초등학교 입학하기 전까지 만난 선생님의 수가 100명이 된다고 했던 기억이 났다. 과연 그렇게 많이 만날까? 하는 의문이 들어 손가락을 접어가며 대략 계산해 보았다. 3세부터 7세까지 5년 정도 짧게는 1~2시간 길게는 1~2년도 만난 선생님이 있을 것이다. 그리고 사교육을 받은 정도에서도 차이가 있을 것이다. 대략 어림잡아 어린이집과 유치원을 다니고 학원 몇 군데와 학습지, 체험학습을 하면서 만나는 선생님들을 계수해 보았다. 사교육과 체험학습의 기회를 가진 학생의 경우라면 100명은 충분히 될 것 같다.

아이들이 100여 명의 선생님을 만나봤기에 새롭게 만나는 선생님은 어떤 사람인지 감으로 알아차릴 수 있지 않을까? 올해 담임선생님이 좋은 선생님인지, 아니면 평균적인 선생님인지, 또는 무서운 선생님인지 말이다. 게다가 부모님들 또한 자신이 살아오면서 만난 선생님을 합한 만큼의 데이터를 기초로 담임교사를 바라보게 될 것이다.

교사도 마찬가지이다. 교사들도 제자들을 무수히 만나고 학부모도 무수히 만난다. 게다가 가끔 전해 듣는 동학년과 다른 학년 제자와 학부모까지 하면 만만치 않은 데이터가 축적되어 있다.

이러한 근거로 교사, 학생, 학부모는 상대방을 쉽게 판단하거나 부정적으로 보지 말고 사람은 모두가 다르고 존중받고 사랑받을 만한 존재들로 인정하고 대해야 한다. 사람은 믿음의 대상이 아니라 사랑의 대상이라고 하는 것처럼 연약하고 때론 실망과 아쉬움을 안겨줄 때가 많다. 그러니 기브 앤 테이크(give & take)의 원리로 '네가 이러면 나도 이렇게'가 아니라 '그럼에도 불구하고'의 사랑의 마음으로 교사는 학생과 학부모를 이해해주고 학부모들은 교사의 입장을 헤아려주는 것이 정말 필요하다.

만일 서로 신뢰하지 못 하고 크고 작은 몇 가지 일들로 감정이 상하게 된다면 어떻게 되겠는가? 아마도 저마다 지금까지 살아온 경험에서 나오는 부정적 편견이 자연스럽게 작동하게 되고 오해와 갈등이 일어나며, 결국 서로에게 상처와 아픔을 주게 될 것이다.

사람의 이기적 본성은 감정이 상하거나 자신에게 피해가 되는 상황이 되면 누가 가르쳐 주지 않아도 상대방의 흠과 부족한 부분을 잘도 찾아내고 공격하게 된다. 그리고 정당성 확보를 위해서 자기 생각에 동조하고 지지해줄 사람들이 필요하기에 뒤에서 수군거리며 소문을 퍼트리기도 한다. 아무리 교양과 세련된 외모로 치장한다 해도 우리의 본성은 드러난다.

가정과 학교는 교육 공동체이다. 세상에서 가장 소중한 어린 자녀이자 학생을 가운데 두고 함께 돕고 교육하며 키워내는 공동체이다. 서로 신경전을 벌이거나 불신한다면 아이의 두 팔을 잡고 양쪽에서 잡아당기는 꼴이 된다. 그렇다면 누가 어떻게 신뢰를 쌓아야 하는가? 당연히 관련된 모든 사람이 노력해야 한다. 하지만 좀 더 노력해야 할 무게중심의 추는 교사 쪽에 있다.

만나는 시간의 양으로 살펴보자. 학부모님들과 교사가 만나는 것은 일 년에 몇 번 안 되고 시간도 얼마 되지 않는다. 학생과 교사가 하루 종일 일 년을 함께하니 그 둘의 관계가 핵심이다. 또 학생은 교사와의 관계 속에서 주도적일 수는 없다. 그렇기에 결국 학생·학부모·교사 이 교육의 세 주체 속에서 신뢰를 형성하고 사랑하고 아껴주고 챙겨주면서 신뢰 관계를 만들어 가야 하는 것은 교사, 학생, 학부모 순이 된다.

선생님이 학생들에게 따뜻하게 대하고 안정감을 주면 학생들은 선생님을 좋아하고 따르게 된다. 그렇게 자녀가 "우리 선생님 좋아요!"라고 하는 말을 몇 번 들으면 학부모의 마음은 자연스럽게 교사에게 호의적으로 열린다. 이렇게 되면 다음 단계는 리싸이클 기호의 화살표처럼 다시 부모님이 선생님에 대해 긍정적인 말을 하게 되고 학생은 선생님을 더욱 신뢰하고 존경하고 따르게 되는 것이다.

교사들은 이러한 선순환 구조에 대해 잘 알고 있다. 그런데 자칫 잘못하면 비난과 무한책임을 져야 하는 상황이 생기다 보니 아이들을 사랑하고 적극적으로 교육활동을 하다가도 한 번 상처를 받으면 적절한 거리를 두고 방어적으로 방관자로 살게 되기도 한다.

그럼에도 불구하고 교사는 아이들과 학부모를 애정 깊은 눈으로 바라보아야 한다. 냉정한 지적이 아닌 수용과 공감의 언어 온도로 말하고, 금쪽같은 자식을 학교에 보낸 부모의 마음을 역지사지로 생각하고 그 마음을 헤아려주어야 한다. 날카로운 소리로 다그치고 혼을 낸다고 학생들은 바뀌지 않는다. 사람은 용서받고 이해받을 때 마음이 열린다. 학생들도 어리지만 똑같다. 자신을 지지해주고, 이해해주고, 용납하고, 웃어주는 선생님은 아이들의 인생을 터치하고 평생 마음에 남는다.

초임 교사 시절 연륜이 있으시던 선배 선생님이 나에게 주신 조언은 이러했다.

"확 잡아레이, 초반에 안 잡으면 안 된데이."

그런데 그분이 담임했던 학생들은 너무 많은 숙제로 늦은 시간까지 책을 베껴 쓰느라 힘들어 했고, 받아쓰기와 과제를 못 하면 호되게 혼이 나고 벌을 서야 했기에 학교에 대한 공포와 트라우마로 힘들어했다. 그분은 개인적으론 재밌고 좋은 선배님이셨고, 바르고 깨끗한 선생님이었다. 그러나 그분이 하신 "확 잡아라!"는 조언은 긴장과 두려움을 기반으로 한 학급경영이기에 따르지 않았다. 하지만 가끔은 그렇게 확 잡고 싶은 마음이 굴뚝같을 때도 있다.

학교에서 사무용 클립을 자주 쓰게 된다. 그런데 클립 통을 잘못 열거나 떨어뜨리면 난리가 난다. 그래서 언제부턴가 자석을 넣어 쓰다가 자석으로 된 클립 통이 있어서 그걸 쓰고 있다. 자석 한 개만 넣어두면 100개나 되는 클립이 모두 서로 붙어 있기에 아주 편리하다. 교사도 클립 통에 넣은 자석과 같지 않을까? 교사가 학생과 학부모에게 친근하게 다가가기만 한다면 클립이 자석에 붙듯이 학생과 부모님들은 선생님에게 착 달라붙게 된다. 그러면 마음과 마음도 연결되고, 학교와 가정은 함께 감사하고 행복할 수 있게 된다. 모든 학교와 교실이 그런 교육 공동체가 되길 간절히 기대한다.

경석이가 ROTC 소위로 임관하고 완도에 배치받았다며 통화한 지 1년이 되어 간다. 찾아온다는 제자가 혹시 '자석과 같은 우리 선생님!'이라고 했던 경석이가 아닐까?

선생님은 개구쟁이들만 좋아하고

"선생님은 개구쟁이들만 좋아하고."

수영이가 속상해서 눈물을 뚝뚝 흘리며 했던 말인데 이상하게 나는 이 말이 기분 나쁘지 않고 오히려 기분 좋은 말로 마음에 남아 있다. 왜 그럴까? 그동안 내가 만난 개구쟁이들을 떠올려 본다.

7년 전 1학년을 맡았을 때 유치원에서 개구쟁이로 명성이 자자했던 눈이 반짝반짝하는 4명이 우리 반에 몰린 적이 있었다. 4학년 담임하던 해에는 바로 전 3학년에서 생활지도가 아주 힘들었던 아이를 맡았다. 그리고 그해에 다른 학교에서 어려운 일이 있어서 전학 온 학생까지 맡게 되었다. 그런데 이상하게도 나는 그런 녀석들이 싫지 않았다.

개구쟁이들은 수업 시간에 한시도 가만히 있지 못한다. 그런데 이야기를 해주면 집중하고 잘 듣는다. 그래서 아이들의 집중을 위해서 수업 시간 중 적절한 주제와 타이밍에 나의 학창 시절과 군생활 그리고 책과 영화를 통해 아이들에게 전해 주리라 생각했던 이야기들을 스토리텔링으로 하나씩 풀어낸다. 우리 반 아이들은 그런 선생님의 경험담을 좋아했다. 그리고 집에 가서 부모님께 그대로 전달하면서 복습을 철저히 했다. 공부한 것은 까먹어도 그날 들은 이야기는 잘 기억했다.

특히 개구쟁이들이 내가 실수하고 고생한 이야기를 그렇게 통쾌해하고 재미있어했다. 왜냐하면 자신들이 맨날 장난치다가 혼이 났었는데 담임 선생님도 어릴 적 장난치다가 맞고 벌 받았다는 이야기와 친구들 골탕 먹이려다 오히려 골탕 먹었다는 이야기를 들으면 남의 이야기 같지 않고 자신의 이야기처럼 느껴져서 깊이 공감이 가는 모양이다.

이런 이야기를 들으면 물어보지도 않았는데 개구쟁이들은 자신들이 혼난 일들을 술술 말한다. 그러면 나도 우리 반 아이들도 함께 웃는다. 그동안 혼난 것은 창피하고 좋지 않은 기억으로 남아 있었는데 자기 입으로 말로 뱉어내니 자신도 홀가분하고 게다가 친구들과 선생님이 웃어주니 상처가 말끔게 치유되는 것이었다. 그러고 나면 개구쟁이들은 그런 일을 또 하게 되는 것이 아니라 오히려 하지 않게 된다. 왜냐하면 몇 년 되지 않은 인생이지만 아이들은 잘잘못을 분별할 수 있고, 또 나름 유치한 장난과 친구들이 싫어하는 것을 하면 어떻게 되는지 잘 알고 있기 때문이다. 개구쟁이들은 대개 지능형 똑똑이들이다. 머리가 싹싹 돌아간다. 그런데 순진하고 어리기에 그런 모든 행동과 표정과 머리 쓰는 것이 눈에 보인다. 치명적인 개구쟁이들의 귀여움이다.

제자들 중에서 기억에 남는 개구쟁이들이 여럿 있다. 늘 억울하고, 다른 아이들이 잘못했고, 다른 애가 먼저 그래서 그랬다고 말한다. 그리고 교실이든 복도든 늘 소리 지르며 뛰어다니고 땀을 뻘뻘 흘리는 공통점들을 갖고 있다. 점심 먹고 신발 갈아 신는 시간도 아까워 늘 실내화를 신고 운동장을 뛰어다니고 위험한 곳과 가지 말라는 곳에 꼭 가고, 참새 죽은 것 들고 다니고, 개미구멍 막아 버리고, 익지도 않은 열매를 돌 던져서 따고, 미끄럼틀에 모래 뿌려 놓고, 참 기가 막히게 하지 말라는 것만 골라서 한다. 게다가 하지 말라면 더한다. 교사들에게는 아주 위협적인 혈압유발자들이다.

교사가 자기 삶의 과오들을 교육적으로 잘 오픈하면 아이들에게 그보다 좋은 인성교육 자료도 없다. 그런 이야기들은 선생님의 실제적인 경험에서 나오기에 이야기가 더 실감 나고 재미가 있다. 선생님의 이야기는 마음과 마음을 연결해 주고 학생들의 삶에 좋은 약재료가 된다고 나는 굳게 믿고 있다. 단, 문제행동에 대해서는 반복해서 올바른 마음과 태도가 무엇인지 알려주고 친구와 입장을 바꿔서 생각해 보고, 공감할 수 있는 폭이 넓어지길 바라며 좋은 말로 타이르고 또 타일러 줘야 한다. 동물들이 갓 태어난 새끼들을 정성껏 보듬어 주고 예뻐해 주듯이 좋은 생각과 말을 계속 해주는 것이 최선이라고 생각한다.

마지막으로 개구쟁이들을 변화시키는 가장 강력한 비결은 매일 점심시간에 함께 땀을 흘리며 축구하는 것이다. 일명 밀당축구를 하는 것인데 3번은 이기고 1번 져주고 1번은 비기는 비율로 승부를 밀당한다. 아이들 특성상 매번 지면 화가 치밀어 오르고 재미가 없어져서 안 한다. 반대로 자기들이 자꾸 이겨도 시시하고 재미없어서 안 한다. 그래서 3 : 1 : 1의 비율로 밀당을 하면 아이들은 그 재미에서 빠져나오지 못하는 것이 포인트다. 그때부터 에너지가 넘치는 개구쟁이들은 축구를 하기 위해서라도 선생님의 말을 잘 따르게 되는 것도 있다.

학기 초에는 우리 반 남자아이들 VS 나와 여학생이 한 팀이 되어 경기한다. 그러다 보면 다른 반 아이들도 하고 싶어 한다. 그러면 다 시켜준다. 그렇게 한 달 정도 하다 보면 2학년 아이들도 같이하고 싶어 한다. 그러면 2학년 VS 1학년 팀으로 축구를 한다. 학교 운동장이 바글바글하다. 2학년이 잘하기 때문에 나는 1학년 팀으로 경기한다. 그러면 그동안 선생님과 상대 팀으로 경기해서 많이 졌는데 이제 같은 팀이 되니 너무 좋아한다. 이때부터 2학년을 밀당축구의 매력에 빠져들게 승부를 조절해 준다. 그러면 1학년도 2학년도 함께 즐겁게 운동하게 된다.

축구를 하면서 패스를 잘하든 못하든 칭찬해 주고 골이 안 들어가도 슛을 잘했다고 격려해 준다. 그리고 가끔 간단한 기술도 알려준다. 그렇게 한 학기 축구 경기를 하다 보면 친구가 실수해도 "그럴 수도 있지." 하고 말하며 친구를 지적하거나 나무라지 않는다. 때론 다리에 걸려 넘어져도 툭툭 털고 일어나서 다시 뛰어다닌다. 이러한 태도들이 교실에서도 연결되고 학급 운영에 좋은 에너지가 된다.

아이들과 축구를 한 지 16년이 되었다. 비가 오거나 운동장에 수업이 있어서 축구를 못 할 상황이 아닌 이상 추운 겨울이든 더운 여름이든 늘 아이들과 거의 매일 축구를 한다. 언뜻 보면 바보같이 뙤약볕 아래서 시간과 에너지를 낭비하며 쓸데없는 짓을 하는 것처럼 여길 수 있다. 그런데 시간이 지나다 보니 이 어리석어 보이는 활동이 교사인 내게 유익이라는 것을 알게 되었다. 초임 교사 시절에는 몸도 팔팔하고 축구를 좋아하고 해서 내가 아이들과 놀아줬다고 생각했는데 이제는 아이들이 나와 놀아주는 모양새가 되고 있다. 매일 아이들과 20분씩 뛰고 땀 흘리다 보니 건강관리에도 큰 도움을 받는다.

이렇듯 귀염둥이 개구쟁이들에게 진심 대 진심으로 그 아이들의 소통 코드인 재미와 장난을 순간순간 교육적으로 민감하게 녹여내고, 아이들이 어리지만, 황금률을 실천해 간다면 멋진 제자들을 키워낼 수 있다.

"공부 잘하는 애들은 안 찾아오고, 맨날 혼나던 애들이 선생님 찾아온다."라고 예전의 선생님들이 말씀하셨다. 설마 그럴까? 했는데 교사가 되어 보니 그 말이 사실이었다. 혼만 냈던 것 같은 개구쟁이들이 모범생들보다 연락하고 찾아오는 경우가 더 많다. 이런 검증된(?) 데이터를 볼 때 교사들은 개구쟁이들을 더 예뻐하고 사랑해줘야 하는 게 맞지 않을까?

세상에서 가장 예쁜 사진은 꽃 사진과 아이들 사진

편지함 사이에 익살스러운 표정의 희원이 사진이 있었다. 어쩌면 이렇게 천진난만한 표정을 지을 수 있을까? 연도별로 저장된 사진 중에서 재미있는 표정의 제자들 사진을 모아보기로 했다.

1학년 담임을 처음 맡았던 해에 카메라를 한 대 구입했다. 왜냐하면 1학년 아이들의 모습이 너무나 귀엽고 예뻐서 찍어 주고 싶었기 때문이다. 그때 우리 집 아들도 유치원을 다니고 있었는데 낮 동안 유치원에서 무슨 활동을 하고 어떤 말과 표정으로 친구들과 지낼지 많이 궁금했다. 자녀를 둔 부모들의 마음은 다 비슷하지 않을까? 우리 반 아이들의 부모님들 또한 자녀들이 학교에서 어떻게 지내는지 많이 궁금할 것 같았다. 교사만 아이들이 이렇게 성장하는 귀여운 모습을 하루 종일 보고 있는 것이 미안한 마음이 들었다. 그래서 매일 아이들의 사진을 찍어서 학급밴드에 올려주기로 마음먹었다.

고등학교 때 사진동아리에 가입해서 사진에 관심은 있었지만, 사진을 취미로 할 생각은 하지 못했다. 교사가 되어 똑딱이라고 불리던 디카를 사용해서 사진을 찍었다. 그리고 스마트폰이 나오고부터는 폰으로 찍었다. 그런데 디카든 스마트폰이든 아이들을 찍으려고 하면 아이들이 모두 손가락으로 브이를 하고 사진 찍기용 표정과 포즈를 해버리니 평상시 자연스럽고 천진난만한 장면을 담을 수가 없어서 아쉬웠다. 그래서 큰맘 먹고 미러리스 카메라를 사고 기본렌즈 외에 망원렌즈, 여친렌즈라고 불리는 45mm 1.8 단렌즈 이렇게 추가로 장만하여 수업시간, 작품활동시간, 전담시간, 쉬는 시간에 멀리서 줌으로 당겨서 사진을 찍었다. 멀리서 아이들의 자연스런 표정과 특징들을 찍을 수 있었다.

촬영한 사진은 학급밴드에 올려줬다. 부모님들의 반응은 폭발적이었다. 그리고 자녀의 사진 중에서 예쁘게 나온 것을 카톡 프로필 사진으로 사용하는 부모님들도 많았다.

학생들 사진을 찍으면 학급 운영에 좋은 점이 많이 있다. 나태주 시인의 〈풀꽃〉의 시구처럼 아이들을 자세히 보게 되고 오래 보게 되고 아이들이 예쁘고 사랑스러워진다. 사진을 찍으려면 유심히 아이들을 보고 있어야 예쁘고 좋은 표정도 담을 수 있고, 때론 웃기고 재미있는 장면도 포착할 수 있기에 자연스레 아이들에게 더

마음과 시선이 머물게 된다.

어린 자녀를 키울 때 아이가 뭘 해도 귀여워 틈만 나면 찍었던 것처럼 제자들이 하품하는 것도, 급식으로 나온 블루베리를 먹고 입이 보랏빛이 된 것도, 때론 곤충 관찰한다고 돋보기와 루페로 한쪽 눈을 감고 진지하게 탐구하는 모습도 사진으로 담다 보면 그냥 지나갈 법한 일상이 보석 같은 순간들로 남게 된다.

그렇게 찍은 사진 중에서 기억나는 사진들이 많이 있다. 너무 개구쟁이 표정이나 천진난만한 표정 그리고 진지하기 그지없는 표정 등 언제 보아도 웃음이 나는 사랑스런 사진들이다. 체육대회 때 평상시와 다르게 우리 반 어머님들이 마지막 계주를 응원하시는데 마치 자신들이 초등학생으로 돌아간 것처럼 팔짝팔짝 뛰며 엄청난 표정으로 응원하시는 사진도 얼마나 인상적인지 모른다. 언젠가 교직 생활을 마무리할 무렵에는 이러한 사진들을 모아서 '사랑하는 제자들'이란 주제로 사진전도 하고 싶다.

사진은 찍고 끝나는 것이 아니다. 촬영된 사진을 다시 보면서 비슷한 사진 중에서 초점이 흐리거나, 눈을 감았다거나, 구도가 나쁜 것은 과감히 버리고 좋은 사진만 남기며 추리는 과정이 꼭 따르게 된다. 이 단계에서 아이들을 여러 번 보고 자세히 보게 된다.

그러다 보면 아이들의 친구 관계도 파악되고, 도와줄 부분이나 미처 살피지 못했던 부분도 알게 된다. 어린이날이나 크리스마스 또는 종업식날 현상한 사진에 메모를 적어 함께 주기도 한다. 금세 먹고 마는 간식보다 좀 더 아이들의 마음에 남는 선물이 될 수 있다.

그렇게 찍고 올리고 하다 보니 때론 사진 한 장이 많은 말보다 많은 것을 전달할 수 있음을 알게 된다. 퓰리처상을 받은 종군사진 작가의 사진도 그렇고, 아프리카의 현실을 보여주는 사진들도 수백 마디 설명이 필요 없이 강렬하게 메시지를 전해주듯 말이다.

학교 주변에는 계절마다 예쁜 꽃들이 핀다. 가끔 아이들과 쉬는 시간에 함께 오가다가 꽃이 있으면 찍는다. 꽃 가까이서 접사로 찍은 후에 큰 화면으로 보면 정말 놀랍고 탄성이 저절로 나온다. 예쁜 것을 넘어서 신묘막측하고 자연의 질서와 정교함에 탄성이 나온다. 아이들도 그렇다. 가까이서 자세히 살펴보면 이해 못할 아이 사랑하지 못할 아이가 없다. 그리고 얼굴을 확대해서 보면 꽃처럼 신기하고 예쁘다.

꽃 사진을 많이 찍을 때가 있다. 그때 옆 반 선생님이 "꽃 사진 많이 찍으면 아재라던데"라고 했다. 꽃 사진을 찍으면 왜 아재라고 그럴까? 여러 가지 설명이 가능하겠지만 내 생각에는 성인 남성이 꽃의 아름다움을 알게 된다는 것은 어찌 보면 낭만적으로 되었다는 의미도 있지만, 한편으로는 인생의 크고 작은 풍파를 겪으며 인생의 봄 여름 가을 겨울을 경험했기 때문일 것이다. 인생이 풀과 같고 꽃과 같기에 적절히 내려놓고 비울 줄도 알아야 한다는 것과 정작 우리 삶에 꽃처럼 예쁘고 소중한 가족과 사람들이 바로 옆에 있는데 그것을 잘 몰랐던 것을 깨닫는 순간이 온다. 그때야 비로소 잠시 발걸음을 멈추고 들꽃도 보고 사진도 찍게 되는 것이 아닐까 생각한다.

아무튼 사진을 찍으려 아이들에게 마음을 두고 살피게 되고, 찍고 나서는 잘 나온 사진을 고르면서 다시 한 번 아이들의 표정과 교우 관계도 살피게 된다. 심사숙고해서 고른 사진을 학급밴드에

올려주면서 부모님들과는 일일이 말로는 할 수 없는 많은 소통을 할 수 있다.

사진에 대해 나름대로 정의해 본다.

– '사진이란 순간을 잡아 영원히 간직하는 것'

– '세상에서 가장 예쁜 사진은 꽃 사진과 아이들 사진'

공개수업, 무지개 물고기와 흰수염고래

공개수업은 경력이 쌓여도 여전히 부담스럽다. 초임 시절에는 경험이 적어서 부담스럽고, 고경력 교사는 더 보여줘야 해서 부담스럽다.

한번은 공개수업에 교육학박사이자 대학에 출강 중이신 공지선 어머님이 참석했다. 지금은 개인정보 보호 강화방침으로 '기초가정환경조사서' 또는 '담임선생님께만 들려드리는 우리 아이 이야기'와 같은 학기 초에 가정의 부모님의 학력과 전공까지 적어내라고 하는 것이 사라졌지만, 그때 받은 학기 초 가정조사서에 우리 반 공지선 엄마에 대한 정보에 전공–교육학, 최종학력–박사, 직업–교수라고 적혀 있었다. 그때부터 주간학습 안내, 학부모 총회, 매일 쓰는 알림장의 문장에 좀 더 교사로서의 전문성이 조금이라도 드러나 보이려고 단어나 문장에 신경을 쓰는 부담 가는 습관이 생겼다.

교육학박사님이 공개수업 날 교실 뒷자리에 앉았다. 웃으며 인사를 했다. "잘 오셨어요. 와 주셔서 감사합니다." 했지만 속마음은 부담 백배였다.

공개수업은 《무지개 물고기와 흰수염고래》 그림책을 텍스트로 재구성한 22차시 문학통합 수업 중에서 18차시였다. '기분을 말해요'라는 주제였고 《무지개 물고기와 흰수염고래》 문학통합 수업에서 가장 중심 주제가 되는 수업이다.

무지개 물고기를 비롯한 물고기들이 사는 곳에 갑자기 덩치가 큰 흰수염고래가 나타났고, 흰수염고래는 무지개 물고기가 예뻐서 쳐다본다. 그런데 물고기들은 흰수염고래가 자신들을 위협하는 것이라 오해하고, 고래가 심술이 나서 지느러미를 흔들며 다툼이 생겼다. 서로 간에 오해로 인한 다툼은 이들의 먹이인 크릴이 다 사라져 버리게 되는 결과를 가져왔다.

그러자 무지개 물고기가 용기를 내어 고래에게 다가가 솔직한 마음과 오해했던 이야기를 하자 고래도 자신의 오해를 말하며 서로의 오해가 풀렸다. 그리고 다 함께 크릴이 많은 곳을 찾아 떠난다. 이 이야기를 통해 미술 활동도 하고 체육활동도 하고 국어수업, ESD(지속발전가능교육) 수업도 연계해서 하는 주제통합 수업이다.

수업은 준비한 대로 잘 진행되었고, 잘 마쳐졌다.

그런데 다음 날 공지선 엄마가 연락을 주시면서 상담을 신청했다. 상담은 자녀 상담이라고 했는데 왠지 공개수업에 대해 할 말이 있으신 것 같아서 긴장되었다. 그렇게 찾아오신 어머님은 지선이에 대한 걱정들을 말씀했다. 핵심적인 내용은 이러했다.

한글을 아직도 읽고 쓰는 것이 되지 않는데, 여러 가지 방법을 써도 안 되고 있다는 것과 자신이 교육학을 강의하는데 자녀가 이러고 있으니 선생님께 참 면목이 없다 했다. 그리고 유치원 때부터 친구와 단어 수준으로 대화를 짧게 하고 문장으로 다양하게 의사 표현을 못 하고 "좋아!", "싫어!" 정도로 표현이 단순하여 아이들과 잘 어울리지 못해서 걱정이 많다는 이야기였다.

공개수업에서 흰수염고래와 무지개 물고기들이 오해하고 다툼이 있었지만 화해하고 관계 회복하는 부분에서 포스트잇으로 친구들에게 할 말을 적어서 '고마워 물고기', '미안해 물고기'에 가져다 붙이는 것이 있었다. 친구들이 지선이에게 써준 글을 보고 눈물이 났다고 했다.

'지선아, 재미있는 말을 잘하고 웃겨줘서 고마워', '지선아, 넌 한글은 잘 몰라도 나보다 착해', '지선아, 너가 나한테 책 잘 읽는다고 해줘서 고마워' '지선아, 너는 참 예뻐'라는 포스트잇 쪽지를 많이 받았다는 것이다. 그동안 지선이가 한글도 모르고 책도 안 좋아하고, 눈치도 없고, 행동은 느리고, 동생 친구들과 어울려 놀려

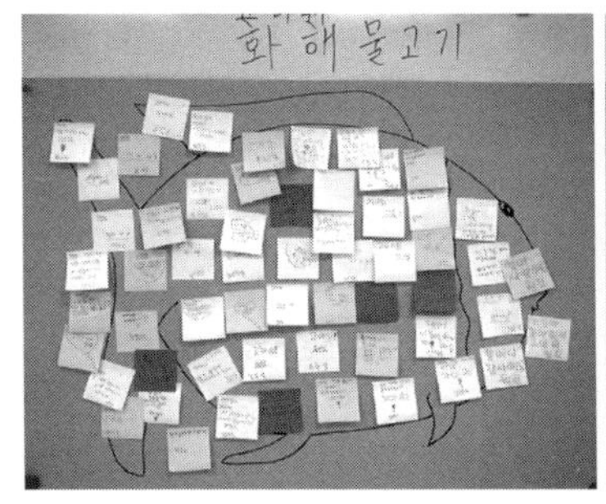

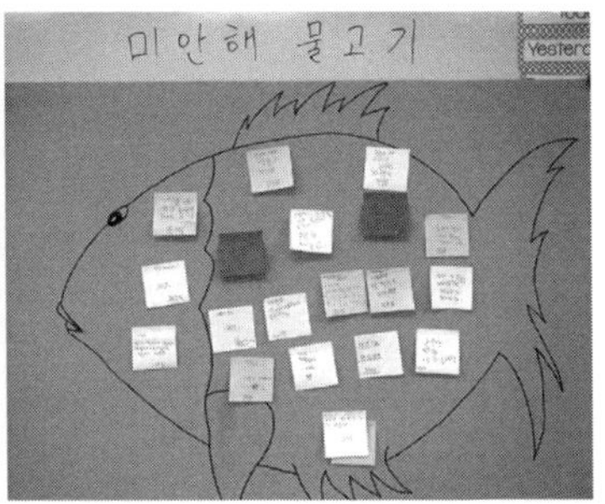

고 해서 걱정이었다고 했다. 말도 잘 안 하고, 친구들과 놀 때면 엉뚱한 말을 해서 자기만 웃고, 다른 친구들은 이상하게 여기는 등 또래 친구들과 상호작용에 어려움이 있어 보여 속상했다고 하였다.

교육학박사님이고 대학 강사님이지만 영락없는 1학년 학부모였다. 그리고 그러한 걱정들을 자기 체면을 내세우면 상담도 못 하고 숨기기 급급할 텐데 오히려 찾아와 이야기해 주셔서 감사했다.

상담하면서 지선이 학교생활 가운데 천진난만하고 재미있는 에피소드를 말씀드리고, 부족한 면보다는 사랑스럽고 귀여운 모습이 많다는 것을 전해 드렸다. 이야기를 나누다 보니 어머니도 이해가 되고 지선이에 대해서는 더 많이 알고 이해할 수 있었다. 그리고 수업도 인상 깊었다고 했다. 1학년 아이들이 친구들과 관계 맺는 것과 소중한 가치들과 성품들을 한 권의 그림책을 텍스트로

하여 여러 가지 프로젝트 학습을 하는 것에 놀랐다고 했다. 그 뒤로 지선이 어머니는 어떤 어머니보다도 편하게 학교와 학급의 행사를 도와주었고, 다른 어머님들과도 잘 어울렸다. 타이틀은 교육학박사와 대학 강사였지만, 본모습은 유쾌하고 다정하고 평범한 한 아이의 어머니셨다.

가끔 공개수업을 앞두고 있을 때면 초임 시절 공개수업이 생각난다. 그때 나는 4학년 학생들을 데리고 과학 과목으로 공개수업을 했다. '공개수업이지만 평상시 하던 데로 보여주어야지 꾸미거나 인위적인 수업을 하지 말아야지'라고 마음먹고, 가장 편한 과학 실험으로 공개수업을 했다. 그 뒤 참관 들어오셨던 교장 선생님과 수업에 대해 수업 코칭 시간을 가졌다. 나는 공개수업은 평상시 모습을 학부모님들에게 보여주는 것이 가장 좋은 공개수업이라고 주장했다. 그러자 교장 선생님은 내가 지금까지도 기억하고 있는 좋은 조언을 해주셨다.

"김 선생님, 공개수업은 학부모님들이 자기 자녀의 평상시 학교생활 모습을 보러 오는 것도 있지만, 교사의 전문성도 보러 온답니다. 의사와 변호사들을 보세요. 그들은 매번 자기의 전문성을 자기와 같은 전문성을 가진 사람들 앞에서 치열하게 증명해 보이면서 살고 있지 않습니까? 우리 교사들도 마찬가지로 평상시 하던 대로가 아니라, 공개수업에서는 우리 교사들의 전문성을 보여줘야 하는 것입니다. 억지로 꾸미고 예행연습을 해서 꼭두각시 같은 수업을 하라는 것이 아니라, 아이들 주의집중시키는 모습이며, 수업 중 갑작스런 질문에도 유연하면서도 교육적으로 연결하는 기술과 수업 중 아이들을 대하는 말과 표정과 태도, 그리고 느낌으로만 알 수 있는 학생과 교사의 정서적인 교감과 같은 수업내용 외적 요소들까지 공개수업에서 보여줘야 하는 것입니다."라며 말씀해 주셨다.

그래서 그 이후로는 공개수업을 준비하는 마인드를 달리했다. 이전에는 누가 와도 편하게 생각하고 라면을 끓여 대접하는 방식의 공개수업이었다면, 이제는 한식 자격증을 갖고 있는 요리사가 자기 명성에 걸맞는 음식으로 항상 가득 차리듯 공개수업을 준비하려고 애쓰고 있다. 개인적으로 공개수업 하기 좋은 과목은 차릴 것이 많은 국어 교과다.

일 년에 한두 번 정도 지선이 어머니는 연락을 주셨다. 지선이가 성장해 가는 소식과 사진도 함께 보내주셨다. 그런데 올해 초 지선이네 가족은 할아버지 할머니가 계신 미국에서 일 년간 지내고 온다며 갔다. 그러니 문자에서 곧 찾아온다는 제자는 지선이가 아닐 확률이 높으니까 제외~.

한 시간만 볼 수 있을까요? 통합학급 이야기

청소를 깔끔히 마치고 반듯이 정돈된 교실에 전화벨 소리가 울렸다. 퇴근 시간을 몇 분 앞두고 울리는 전화인 것을 보니, 뭔가 급한 일인가 보다 짐작하며 전화를 받았다. 민성이 어머니가 오랜만에 연락하셔서 조심스럽게 말을 꺼내셨다.

"선생님, 갑자기 정말 죄송한데 내일 민성이 할아버지, 할머니께서 민성이 수업하는 모습을 1시간만 뒤에서 보실 수 있을까요?"

공개수업도 아닌데 부탁하시는 데는 뭔가 특별한 이유가 있겠다 싶었다.

"민성이 할아버지께서 지난주 폐암 말기 판정을 받으셨어요. 앞으로 3개월 정도 남았다고 듣고 상심이 크셔서 어제 저희 집에 모시고 왔어요. 어제 저녁 먹는데 민성이 대학교 가는 것은 못 봐도 학교에서 공부하는 것 한 번만 보면 좋겠다고 하셔서 밥이 안 넘어 가더라구요. 조금이라도 기력이 있을 때 민성이 공부하는 것 보고 싶다고 하셔서요."

민성이는 태어날 때 장애로 인하여 엄마 품에 안겨 보기도 전에

산소호흡기를 달고 여러 번 수술대에 오르며 생사를 오갔다고 한다. 의사는 가망이 희박하다고 마음의 준비를 하라고 했지만 민성이 엄마, 아빠는 물론 할아버지, 할머니는 그렇게 기다렸던 민성이의 생사 앞에서 몇 날 며칠을 금식하며 기도했다. 장애가 있어도 좋으니 살려만 달라고, 아무것도 필요 없으니 그저 곁에만 있게 해달라고 기도했다고 한다. 그리고 민성이는 정말 기적적으로 서서히 회복하며 살아났다. 누가 봐도 눈에 보이는 장애가 있었지만 민성이는 행복한 웃음으로 할아버지의 마음을 살살 녹이며 성장했다. 그리고 그렇게 초등학교에 입학했다.

학교 입학을 앞두고 민성이 가족의 마음은 돌덩이를 달아놓은 것같이 무거웠다.

'아이들이 놀리지 않을까? 또 용변 처리는 어떡하지? 휠체어는 누가 밀어주며 계단이나 복도에서 다치면 어떡하지?'라는 걱정이 끝없이 밀려왔다고 한다.

"민성이 어머니, 할아버지 모시고 오세요. 참관수업 당연히 가능하십니다. 원하신다면 내일 하루 종일 아니 일주일 내내 수업 참관하셔도 됩니다."

"선생님…. 정말 괜찮으세요?"

"아, 그럼요. 통합교육을 위해 활동 보조 선생님도 매일 같이 수업시간에 계신걸요. 수업시간에 누가 들어오셔도 어색하거나 부담스럽지 않으니 편하게 오시면 된다고 꼭 말씀해 주세요."

"감사해요. 선생님, 그럼 아침에 천천히 준비해서 2교시 맞추어 모시고 가겠습니다."

2교시 종이 울리고 교실에는 민성이가 가장 잘 보이는 창가에 민성이 할아버지께서 몸에 잘 맞는 정장을 입고 앉으셨다. 창문으로 들어오는 햇빛이 잘 빗어넘긴 백발 위에 부서지고 있었다. 민성이의 행동 하나하나, 말과 표정 하나하나까지 집중하셨다. 그 옆에 계신 할머니는 간간이 손수건으로 남편과 자신의 눈가를 닦았다.

"선생님, 이제 충분합니다. 이렇게 귀한 시간 내주셔서 감사합니다. 이 은혜 잊지 않겠습니다."

2교시 마치고 쉬는 시간에 두 분이 내게 다가와 인사를 하셨다.

"아닙니다. 괜찮으시면 한 시간 더 보시고 점심 급식 같이 드시고 가세요? 민성이 밥도 잘 먹고 친구들과 축구도 하거든요. 보고 가세요."

"오래 못 앉아 있어서 그렇습니다. 선생님 우리 민성이 손이 많이 가실 테지만, 앞으로도 잘 부탁드립니다."

"걱정 마세요. 우리반 아이들 중에 민성이가 인기가 제일 많을걸요. 제가 도와줄 것이 별로 없어요. 아이들이 서로 민성이 휠체어를 밀어준다고 싸울 정도랍니다. 아무 걱정 마세요. 민성이가 있어서 우리 반이 오히려 행복합니다."

벌겋게 눈물이 일렁이는 눈으로 인사를 하고 가시는 뒷모습을 복도에서 한참 지켜보며 배웅했다.

1학기 때 학부모 상담 때 민성이 아버지와 어머니가 함께 왔었다. 민성이가 입학하고 걱정이 많았는데 민성이가 주말에도 "학교 가고 싶어요!", "왜 학교 안 가요?"해서 매우 의아했다고 했다. 민성이 어머니는 민성이 학교생활을 아빠에게 여러 번 말해줬다고 한다.

"민성이가 친구들과 앞에 나가서 노래도 하고, 율동도 하는데 정말 신나게 해요. 휠체어를 휑 밀어놓고 일어서서 흥이 나서 노래해요."

"에이, 설마."

민성이 아빠가 하루는 휴가를 내고 민성이를 데리고 학교에 왔다. 일찍 학교를 온 휠체어를 밀며 민성이와 학교를 한 바퀴 돌고 4층에서 교실이 있는 1층으로 엘리베이터를 타고 내려왔다.

"민성이다!"

지수가 외치자 복도에서 놀던 아이들이 우르르 몰려왔다.

"민성아! 안녕?"

"민성이 왔다!"

"내가 민성이 밀어줄 거야."

"넌 어제 했잖아 오늘은 내 차례야!"라며 아이들이 서로 민성이를 차지하려고 쟁탈전을 벌이는 이 상황 앞에서 민성이 아빠는 속에서 뜨거운 것이 울컥 올라왔다.

'민성이를 아이돌 맞이하듯 하다니….'라며 그날의 감격을 나중에야 이야기했다.

민성이 아빠는 그날 이후로 좋아하는 치킨과 라면을 끊고, 아침 5시에 일어나 운동을 시작했다고 한다. 이전 가족사진과 비교하면, 정말 반쪽이 되신 것 같았다.

"이런저런 핑계와 스트레스로 살이 많이 찌고 건강이 안 좋아졌는데 민성이가 학교를 즐겁게 다니고 친구들이 그렇게 반겨주는 모습을 보고 생각했죠. 아들을 더 오래 안아주려면 건강해야겠다고 그래서 음식 절제하고 운동했는데 건강해졌습니다. 승진도 하고 집 근처 지점장으로 발령도 받았구요. 민성이 반 친구들과 선생님께 정말 감사합니다."

민성이는 쉬는 시간에 화장실에 가서 큰일을 봐야 할 때가 있다. 특수교육 선생님이 해주실 때도 있지만 수업 중일 때는 남자아이고 해서 데리고 갔다. 그렇게 몇 번을 하다 보니 민성이가 나랑 가는 게 편했는지 "민성이 화장실 가고 싶어요. 똥, 똥." 그러면서 내 손을 잡고 가자고 한다. 화장실에 가서 변기에 앉혀 주고 밖에서 기다리면 땀이 송글송글 맺힐 정도로 힘을 주고 다 마치면 "선생님 똥 다했어요."한다.

"우와 민성이 잘했어!"하고 교실로 데려올 때면 "민성이 똥, 똥 잘 쌌어요."했다. 나도 아들을 키우고 있어서 민성이를 도와주는 데 큰 어려움은 없었지만, 그런 일들을 일상처럼 하고 교육하시는 유치원과 특수교육 선생님들의 수고와 사랑에 고개가 숙여졌다.

잠시 눈을 감고 그때 민성이와 우리 반 아이들의 수업 모습과 운동장에서 축구를 하는 모습을, 드론을 띄워서 내려다보듯이 바라본다.

아이들이 민성이를 둘러싸고 연약한 무릎을 붙들어 주고 일으켜 세워주고 있다. 그런데 오늘은 아이들이 민성이를 세워주는 게 아니라, 민성이가 중심을 잡고 주변의 아이들이 기댈 수 있는 버팀목이 되어 주고 있는 모습으로 보인다.

우리가 살고 있는 이 세상은 점점 더 무정해지고 있다. 밟고 올라서야 하고 이기고 또 이겨야 하고 많이 가져야 하고 남들보다 비교우위에 있어야 행복과 평안을 느낀다. 무엇을 해도 효율성과 경제성으로 판단하면서 서로 손절하기도 하고 손절 당하기도 하는 냉정한 세상이다. 이러한 어그러진 세상을 향해 민성이와 제자들은 입가에 손을 모으고 이렇게 외치고 있는 듯하다.

"세상은 이렇게 살아가는 거예요!"라고 말이다.

올해 1월에 민성이 초등학교 졸업이라서 전화하고 축하해 줬다. 오랜만에 목소리를 들었는데 말이 더 분명하게 들렸고, 사용하는 어휘도 많이 늘었다. 그리고 씩씩했다. 민성이는 늘 말할 때, "민성이는요 ~~하고 싶어요!" "민성이 먹어요?" "민성이 줄서요?" 이렇게 자기 이름을 앞에 넣는다. 그러니 문자를 보냈다면 분명 "민성이 선생님 보고 싶어요." 이렇게 썼을 거다. 하! 하! 그렇다면 민성이가 찾아온다면야 너무 좋겠지만 일단 후보 우선순위에서 뒤에 놓기로 한다.

교사의 책장도 제자의 진로를 결정한다

"선생님 안녕하세요? 저 스타트업 경연대회 결승 영상 링크입니다. ㅋㅋ"

교실에 도착해서 컴퓨터를 켜고 있는데 카톡 문자가 왔다. 창업하여 바쁜 민수가 보낸 것이었다. 한 번씩 연락할 때면 놀러 오겠다고 했는데 벌써 몇 년이 지났다. 그럼 그 문자 보냈던 제자가 혹시 민수?

제자들 중에서 어린 나이에 빠르게 개인사업을 시작하고 성과를 나타내는 아이들이 있다. 대부분 우리 사회에 어느 정도 정해진 초·중·고 졸업하고, 대학 가고, 취업하는 길이 아닌 자기만의 독특한 이력을 만들어 가는 제자들이 있다.

김민수라는 제자가 있다. 민수는 우리나라에서 명성 있는 국제고등학교 학생이었다. 그런데 졸업을 석 달 남겨놓고 자퇴하고 창업하였다. 몇 달만 있으면 좋은 학교의 졸업장을 받을 텐데 굳이 그것을 마다하고 자신의 길을 찾아갔다는 말을 들었을 때 내 속이

답답했다. '민수의 부모님은 어떨까? 그리고 내가 모르는 사정이 있겠지'하면서 마음을 진정시켰다.

민수는 초등학교 때 장난꾸러기였다. 만들기도 좋아하고 아이들과 보드게임도 쉬는 시간마다 즐겨 했다. 승부욕이 강해서 지면 씩씩거리고 투닥투닥 크고 작은 다툼이 잦았다. 그랬던 민수는 중학교 때 자기가 직접 만든 게임과 홈페이지를 만들었고 제법 회원수가 되었는데, 그것을 꽤 큰 금액으로 팔아서 돈을 벌기도 했다. 그리고 외국에 가서 공부하고 다시 고등학교 때 우리나라의 국제고등학교로 진학했다.

리더십과 창의성을 겸비한 민수는 고등학교에 입학하고도 가만있지 않았다. 교내 동아리를 만들어 사회봉사를 했다. 이때 시각장애인들을 만났는데 그들이 보는 점자책이 비싸다는 것을 알게 되었다. IT 쪽에도 관심이 많고, 지식이 풍부했던 민수 눈에는 보급 초창기였던 3D프린터를 통해 만들면 좋겠다는 아이디어가 떠올랐다. 3D점자책 프로젝트를 친구들과 함께 진행하여, 시각장애인들이 비싸서 볼 수 없었던 책을 볼 수 있도록 만들었다. 이것을 계기로 민수는 사회에 기여함과 동시에 사업 아이템을 발굴하는 안목을 갖추게 되었다. 그 뒤로 몇 가지 아이디어로 장관상도 받고 창업을 하게 되었다. 그래서 포브스 선정 영향력 있는 100인에

선정되기도 했다. 현재도 메디컬서비스와 관련한 스타트업을 하며, 바쁘게 지내다가 최근에는 스타트업 경연대회에서 우승했다는 소식을 전해 온 것이다.

학교에서 진로지도를 위해 다양한 시도를 하고 있다. 선생님 나름대로의 경험과 지식으로 학생들이 적성에 맞는 진로를 잘 찾아가도록 돕고 있다. 진로지도를 위해서는 아이들에게 체험과 관찰의 기회를 많이 주고, 소개해 주는 것이 가장 필요하다. 그리고 아이가 관심을 갖는 부분이 있다면, 관련된 분야를 6개월~1년은 최소한 꾸준히 할 수 있도록 가정에서 지원해 주어야 한다. 1년 정도 하면 어떤 것이든 익숙해질 수 있다. 그런 뒤에 아이가 더 흥미를 보이고 재능이 보인다면 계속 이어가면 되고, 그렇지 않고 그만둔다고 할지라도 어릴 적 배운 것은 평생 삶의 중요한 순간에 긴요하게 쓰이며, 다른 일을 할 때 직간접적인 역량으로 기여하게 된다.

방과 후 하프를 하면서 재미를 붙인 학생이 대학교 전공을 하프로 했고, 졸업 후에도 하피스트로 활동하고 있다. 어릴 때부터 캐릭터 그림을 그리기 좋아하던 학생이 애니메이션 관련 학교에 진학하고, 그것으로 대학도 가고 나중에는 취업도 하는 경우도 그렇다. 제자 중에는 내가 대학 때 전공한 《유기화학》, 《무기화학》 책을 학교 책꽂이에 두었는데, 그것을 보고 화학에 관심을 갖고 고려대 화학 관련 학부에 진학했다는 이야기를 부모님을 통해 듣기도 했다. 무심코 꽂아둔 교사의 책 한 권이 아이의 진로에 영향을 미친다니, 교사의 책장도 아이들의 진로에 영향력을 준다.

많은 사람들이 적성과 특기를 발견하여 진로를 찾아가는 것은 아니지만, 그래도 어릴 적 관심과 재능이 조금이라도 보이는 분야가 있다면 교사와 부모는 그냥 할 수 있도록 인정해 주고 기회를 주는 것이 좋다. 그것이 장래 직업으로서 월급의 액수를 따지거나, 정규직이냐 비정규직이냐를 우선 생각하지 말고…….

그러나 아들이 공부보다는 기타 치고 노래하는 것을 좋아하고, 온라인 게임에 몰두하는 것을 볼 때면 걱정이 되기도 한다. 하지만 이것은 내가 살아온 방식과 자녀가 살아갈 인생이 다르기에 부대낄 수밖에 없는 상황이라 인정하고 받아들여야 한다. "가만 놔두면 S대 갈 아이를 부모가 끼어들어 집 나가게 한다."라고 어떤 지인이 한 말이 생각난다. 집 나가지 않고 옆에서 잘 먹고, 잘 크고, 학교 잘 다녀 주는 것만으로도 충분히 감사할 일이다.

부모와 선생님들이 할 일은 '아이들에게 좋은 자극 많이 주기', '맛있는 거 먹여주기', 그리고 '잔소리 말고 가만 놔두기'가 아닐까? 자기 인생이니 자기들이 '이렇게 살다가는 이번 인생 망하겠는걸…….' 또는 '우리 부모님 믿고 놀고 있다간 내 인생 큰일 나겠다!'라는 위기의식을 확실히 빨리 느낄 수 있도록 하는 것이 가장 좋은 진로지도가 아닐까? 중학생 아들이 이런 나의 작전에 빨리 걸려들기만을 간절히 바라고 있다.

이러한 간절함을 학교신문에 실었다.

왜 뛰고 있습니까?

2-3 교사 김정호

토끼 한 마리가 상수리나무 밑에서 낮잠을 자고 있었다. 그런데 별안간 밤만큼 큰 도토리 한 개가 머리 위로 '탁' 소리를 내며 떨어졌다. 그러자 잠결에 놀란 토끼가 심각한 위험이 닥쳤다고 생각하고는 뛰기 시작했다. 그 토끼가 뛰자 여자 친구 토끼도 뛰고, 아버지 토끼도 뛰고, 삼촌 토끼도 뛰고… 토끼들이 다 뛰기 시작했다. 그 모습을 보고 그 소리를 들은 숲속의 모든 짐승들도 덩달아 뛰기 시작했다. 모든 짐승들이 저마다 '뒤쳐졌다가는 잡혀 먹힐 지도 모른다'는 생각에 서로를 앞지르려고 죽을 기세를 다해 뛰게 되었다. 동물들의 뛰는 속도가 점점 가속이 붙게 되었다.

숲의 왕인 사자가 가만히 그 꼴을 보니까 그 속도로 가속도가 붙으면 낭떠러지에서 멈추지 못하고 숲속 짐승이 전부 떨어져 죽을 것만 같았다. 그래서 사자는 지름길로 달려가 짐승들을 가로막아 세우고 물었다.

"어디로 가고 있느냐?"

그러나 어느 짐승도 자기들이 어디로 가는지 대답하지 못했다. 사자는 또 물었다.

"왜 뛰는 거야?"

이번에도 역시 어느 짐승도 대답을 하지 못했다. 남이 뛰니까 덩달아 뛰는 것뿐이었으니까.

몇 년 전 동료 교사들과 함께 읽었던《병든 사회에서 자라는 건강한 아이들?》이라는 책에 나오는 이야기이다. 재미있는 이야기라서 우리 반 아이들에게 전해주려고 다시 읽어보았다. 여전히 재미있다. 왜 재미있을까 생각해 보니 우리가 살아가는 세상의 모습을 그대로 풍자하고 있기 때문이다. 요즘 경쟁을 넘어 함께하는 세상, 자신의 재능과 소질을 찾아 자아실현을 하는 것이 중요하며, 그것이 가능하다는 것을 좀 더 다양하게 보여주고 지지해 주는 분위기인 것은 맞다. 그러나 대학 입시라는 제도가 여전하기에 교육 현실은 크게 달라지지 않았다.

이야기가 주는 교훈을 함께 생각해 보자.

첫 번째, 남이 뛰니까 덩달아 뛰지 말아야 한다.

학교에 다니고 학원에 다니고 더 나아가 어떤 직업을 갖고 꿈을 이루고 싶은지에 대해 자기 자신에게 '왜?'라는 질문을 하고 답을 해보아야 한다. 어려울 수도 있고 그 답이 어설플 수도 있지만 '왜?'라는 질문에 답을 해야 한다. 그 답을 찾아가는 과정은 눈사람을 만드는 것 같아서 처음에는 잘 뭉쳐지지 않지만, 어느 정도 지나면 점점 더 명확하고 확실하게 우리의 삶을 이끌어 줄 것이다. 만일 그렇지 않으면 결국 그 삶은 방황과 실패의 낭떠러지 끝에 서게 될 것이다.

두 번째, 비교와 경쟁의 가치관으로 살지 말자.

노벨상을 독점하는 유대인들은 자녀가 다른 아이보다 못하고 부족한 것을 찾아 보충해주는데 초점이 있는 것이 아니라, 자기 아이의 유일하고 특별한 재능에 초점을 맞추고 특별한 사람이 되라고 교육한다.

토끼와 거북이는 경주를 함께할 수 있는 존재가 아니다. 위험에 처하면 토끼는 껑충껑충 뛰도록 뒷다리가 발달했고, 거북이는 목과 팔다리를 딱딱한 껍데기에 얼른 쏙 넣도록 태어났다. 장미가 예쁘니, 튤립이 예쁘니, 따질 수 없는 것과 같다. 태어나면서부터 바꿀 수 없는 외모나 부모의 경제력과 같은 것으로 비관하지 말고, 오히려 내가 노력하여 바꿀 수 있는 미래를 노래하고 꿈꾸는 사람들이 되도록 하자.

세 번째, 사자와 같은 사람들이 되자.

토끼를 잡아먹고 동물들을 죽이는 사자가 아니라 떨어져 죽는 것도 모르고 낭떠러지로 달려가는 그들 앞을 막아서서 생명과 삶의 의미를 찾도록 도와주는 사람이 되면 좋겠다.

뉴스를 보면 세계가 온통 죽고 죽이는 소식들이 넘쳐난다. 이런 삭막한 세상에서 나와 가족 그리고 친구들 모두가 세상을 아껴주고, 챙겨주는 따스한 김이 몽실몽실 피어나는 폭신폭신한 찐빵 같은 사람들이 많아지길 기대한다.

백원병원장 강수영

김태희라는 연예인이 있다. 그리고 김태희 같은 엄친아라는 말을 쓰기도 한다. 그 말의 뜻은 김태희라는 배우가 외모, 학벌, 스타성, 게다가 배우자까지 모든 사람이 흠모할 만한 조건들을 두루 갖추고 있어서이다.

제자들 중에서 이런 엄친아 같은 제자들이 여럿 있었다. 그중에 강수영이란 제자가 있었다. 1학년 첫 입학 때부터 예쁜 외모에 똑소리 나는 말과 행동을 했고 한글뿐만 아니라 영어도 원어민 교사와 대화를 할 수준이었다. 게다가 달리기도 빨라 반대표 계주 선수였고, 축구도 잘했다. 또한 노래도 잘하고, 율동도 잘하고, 바이올린도 연주하고, 그림도 잘 그리고, 정말 완벽한 아이였다. 수업시간에 도움이 필요한 친구에게는 도와주라는 말을 안 해도 다가가 도와주었다. 담임으로서 더 이상 가르치거나 도와줄 것이 없어 보이는 아이였다. 게다가 아빠는 서울의 명문대학교 병원 의사였고, 어머니도 고학력자였다.

그렇게 늘 친구들에게도 인기가 많고 모범생인 수영이가 1학기 끝 무렵, 수업시간에 갑자기 울음을 터뜨렸다. 무슨 영문인지 몰랐다. 그래서 분명 옆에 있는 우리 반 개구쟁이 고태익이나 노진수가 수영이를 속상하게 했다고 짐작하고, 그 녀석들을 불러냈다.

"고태익, 노진수, 너희 수영이 또 놀렸어?"

"아니예요, 저 안 놀렸어요."

"저도 안 그랬어요."

"그럼 왜 수영이가 울겠니?"

"저도 몰라요."

수영이와 친한 혜수와 예서가 수영이을 달래주며, 누가 괴롭혔는지 물어보는 데도 수영이는 울기만 했다. 그런 수영이에게 다가가 물었다.

"수영아, 어디 아프니? 아니면 누가 힘들게 했어? 선생님이 도와줄테니 말해봐."

그러면서 잠시 토닥토닥 달래주었다. 울음이 멈추지 않아 걱정이 되었다. 친구들과 선생님이 모두 수영이를 둘러쌌다. 수영이가 고개를 들고 눈물이 범벅이 된 상태로 나를 보면 울먹이며 말했다.

"선생님은 개구쟁이들만 좋아하고, 나는 손들고 기다려도 안 시켜주고……."

무슨 말인지 바로 이해가 되지 않았다. 태익이도 진수도 아닌 선생님 때문에 그렇게 서럽게 우는 것이란다.

"수영아, 무슨 말인지 좀 더 설명해 줄 수 있니?"

"선생님은 제가 손들고 발표하고 싶어도 안 시켜주고, 개구쟁이들만 계속 시켜주시잖아요?"

그제서야 수영이 말이 무슨 말인지 이해가 갔다. 평상시 우리 반에서 집중을 못 하고 딴짓을 하는 아이들에게 주의 환기를 위해 질문도 하고 발표도 시키다 보니, 수업을 잘 따라오고 발표를 많이 하고 싶은 수영이에게 오히려 역차별을 한 것이었다. 그래서 쉬는 시간에 수영이를 따로 불러 수영이의 오해를 풀어주었다. 그 일이 있고 난 뒤에 수영이는 더욱 성숙한 모습으로 친구들과 잘 지냈다.

국어시간 그림일기 쓰기 단원을 마침과 동시에 일주일에 한 번 그림일기를 쓰고, 화요일에는 그것을 검사하는 시간을 가졌다. 수영이의 일기는 나무랄 데가 없었다. 그림도 잘 그렸고, 문장력도 좋았다. 늘 읽어보는 재미가 쏠쏠했고 기대가 되었다.

2학기 중간쯤에 일기 주제로 '내가 꿈꾸는 20년 뒤 나의 모습'을 주제로 일기를 써오도록 했다. 그때 아이들이 저마다 자신이 꿈꾸는 직업으로 일기를 써왔다. 그런데 수영이의 일기가 마음에 큰 감동을 주었다. 일기의 내용은 대략 이러했다.

제목 : 백원병원 의사 강수영

20년 뒤에 나는 무엇일 될까 생각해 보았다. 예쁜 옷을 만드는 디자이너도 되고 싶고, 바이올린을 연주하는 음악가가 되고 싶기도 하다. 그리고 학생들을 가르치는 선생님도 되고 싶다. 그런데 나는 우리 아빠처럼 의사가 되고 싶다. 왜냐하면 우리 주변에는 아픈 사람들이 많기 때문이다. 아빠가 그러는데 전 세계에 많은 사람들이 아파도 의사와 병원이 없어서 치료도 못 받고 죽어가고 있다고 했다. 우리나라에서는 수술비와 치료비가 비싸서 치료를 못 받는 사람도 있고, 아프리카에서는 간단한 기본약이 없어서 죽는 아이들도 많다고 한다. 그런 이야기를 들으며 마음이 아팠다. 그래서 나는 커서 의사가 되어 100원 병원을 만들고 싶다.

100원만 내면 모든 치료를 받을 수 있는 병원을 만들어서 불쌍한 사람들을 도와주고 싶다. 내가 100원 병원을 한다고 했더니, 엄마도 아빠도 기뻐하면서 아빠는 그때 같이 백원병원의 의사가 되어 주신다고 했다.

우리 선생님도 오시면 100원만 받고 다 치료해 줘야지~

그날 아이들에게 수영이의 백원병원 일기를 소개했다. 그러자 아이들이 바로 자기 꿈과 연결했다.

"저는 백원식당 할래요."

"저는 백원약국 할께요."

여기저기서 백원사업장 꼬마 사장님들이 등장했다.

몇 년 전에 〈영재발굴단〉이라는 TV 프로그램을 재미있게 볼 때가 있었다. 그때 타임머신을 만들겠다는 영재 소년의 이모저모를 소개하는 내용이었다. 대학교수와 블랙홀에 대한 이야기를 주고받는 등 참 영특한 아이였다. 거의 마쳐갈 때쯤 PD가 "왜 타임머신을 만들고 싶어요?"라고 묻자 아이가 이렇게 대답했다.

"돌아가고 싶은 곳이 있어서요."

"그곳이 어딘데요?"

"어, 세월호 사고 전으로 돌아가서 이 배 타면 안 된다고 알려주고 싶어요. 그러면 형과 누나들이 안 죽고 살 수 있잖아요."

똑똑하고 비범한 영재 아이의 뛰어난 면모를 다각도로 소개하던 프로그램의 분위기나 흐름을 깨는 뜻밖의 대답이었다. 하지만 그 말을 듣자 가슴이 먹먹해졌다.

그렇다. 우리의 꿈은 잘 먹고 잘사는 직업을 찾아가는 것이 아니라 강수영과 영재발굴단의 아이처럼 우리가 사는 세상에서 빛과

소금 같은 존재가 되는 선한 열망을 품는 것이 꿈이 되어야 할 것이다.

아이들에게 진로와 꿈에 대해 지도할 때 "직업이 꿈이 아니다." 라고 가르친다. 꿈과 직업을 같은 것처럼 말할 때가 많은데 분명 둘은 다르다. 꿈과 직업이 같은 것이라고 한다면 우리 주변에는 꿈의 직업을 갖지 못한 패배감과 열등감과 불행감을 가진 사람들로 넘쳐나게 될 것이다. 꿈을 이루기 위해서 자기 직업이 꿈과 직접적으로 연관되고 실제적인 것이 된다면 더할 나위 없이 좋겠지만, 그렇지 않아도 꿈은 이루어 갈 수 있다. 아픈 사람들을 치료해 주는 사람이 되고 싶다는 꿈을 가졌다면 의사가 될 수도 있고, 간호사, 약사, 제약회사 연구원이 될 수도 있다. 그러나 이러한 직업을 갖지 못하더라도 다른 직업을 갖고 시간을 내서 의료자원봉사 팀원으로 참여하며 꿈을 이뤄갈 수도 있는 것이다.

아프리카 케냐 키자베라는 마을에서 2년을 살았던 적이 있다. 그때 루크(Luke)라는 영국 국적의 고등학생과 그 부모가 아프리카 시골병원에 와서 한 달간 이것저것 도와주며 봉사하는 것을 보았다. 휴가를 받아서 그곳에 와서 봉사하는 것이 자기 꿈을 이루어 가는 행복이라고 했다. 작가가 꿈이라면 전업 소설가가 꼭 되지 않아도 가능하다. 교사이면서 책을 여러 권 쓰신 선생님들도 본다. 자기계발서도 쓰고 멋진 장편소설을 쓰는 선생님도 있다. 이렇듯 꿈이 옹졸하지 않다면, 그 꿈이 사람들의 마음에 울림을 줄 수 있는 것이라면, 우리 아이들은 저마다 아름다운 꿈을 이루며 의미 있는 삶을 살아갈 수 있을 것이다.

의사가 되려고 지금 한창 공부하고 있을 중학생 수영이를 응원한다.

"수영아, 백원병원 세우고 몸과 마음을 치료하는 훌륭한 의사가 되길 바란다. 그리고, 바람 쐬러 속초에도 놀러 오고 그러렴. 알았지?"

핑크 공주 이세라

"선생님 학급에 이세라 학생 있죠?"

"네, 교감 선생님."

"세라 아버지가 돌아가셨어요. 교통사고가 났는데 세라 아버지가 그만…. 조금 뒤 세라 작은 아빠가 데리러 온다고 하니 가방을 챙겨서 현관으로 와 주세요."

9시 1교시 수업을 시작하려던 시간에 교실의 전화가 울려서 받았는데 청천벽력 같은 비보를 듣게 되었다. 무슨 말을 해야 할지 말문이 막혔다.

"세라야, 작은아빠가 데리러 오신다고 하니 가방을 챙기거라."

"왜요? 왜요? 선생님."하고 다른 아이들이 궁금해서 묻는다.

"어, 가족들 모임이 있어서 데리러 오신다고 하니, 너희들은 잠깐 책 읽고 있어. 선생님이 데려다주고 올게."

세라는 독특한 이름만큼이나 입는 옷, 액세서리, 헤어스타일이 공주캐릭터 같은 아이였다. 세라가 쓰는 학용품도 디자인과 색깔이 예뻤다. 주변 문구점에서 구하기보다는 어딘가 찾아가서 구해야 하는 물건들이 많았다. 그리고 성품도 차분하고 사교적이라서 아이들이 모두 좋아하는 아이였다. 다른 반 선생님들도 세라의 톡 튀는 이름과 귀엽고 예쁜 용모로 인하여 한 번 보면 기억하는 아이였다.

세라의 손을 잡고 2층 교실에서 1층으로 내려가는데, 어떤 말을 해야 할지 알 수가 없었다. 그리고 몇 분 뒤면 직면할 감당할 수 없을 상황을 생각하니 내 목의 울대에는 자꾸 힘이 들어갔다. 세라는 작은 아빠가 데리러 온다니 어리둥절하면서도 기대감에 발걸음이 가벼워 보였다. 현관에는 벌써 세라 동생인 1학년 요셉이가 자기보다 큰 가방을 메고, 교감 선생님 손에 매달려 기다리고 있었다.

"동네 아저씨 선생님이다!"

알사탕을 양 볼에 물고 있는 듯한 하얗고 귀여운 요셉이가 나를 보며 반가워했다.

세라와 나는 같은 아파트 단지에 살고 있다. 세라와 요셉이가 입학하기 전 유치원 때부터 아파트 엘리베이터와 놀이터에서 몇 번 만난 적이 있었기에 요셉이는 나를 선생님인 줄 알면서도 동네 아저씨라고 부르는 것을 좋아했다. 그런 천진난만한 요셉이를 보니 참았던 눈물이 터졌다. 눈물을 감추려고 요셉이를 들어 안아 올리고 위아래로 흔들어 주었다. 바로 그때 세라 작은아빠가 도착하여 두 아이를 데리고 갔다. 그날 수업을 하는데 세라의 빈자리를 볼 때마다 '세라네 가족은 지금 얼마나 힘들까'하는 생각이 들었다.

그날 저녁, 대학병원 장례식장에 학교 선생님들과 함께 조문을 갔다. 좌우에 늘어선 조화와 많은 조문객들로 장례식장이 북적이고 있었다. 담임선생님을 보자, 세라가 와서 안겼다. 세라의 마음이 고스란히 느껴졌다. 선생님들이 왔다고 좋아하는 요셉이를 보며, 함께 간 선생님들은 눈물을 참지 못했다. 때론 침묵이 더 많은 말을 전할 수 있다는 것을 그때 알았다. 세라 어머니도 눈물만 흘리고 "우리 세라 어떻해요, 선생님!"이라고 말할 뿐이었다.

그렇게 일주일이 지나고 세라는 학교에 왔다. 이미 소문을 통해 세라 아버지가 돌아가신 것을 아이들이 알고 있었다. 등교하기 전날 아이들과 함께 세라가 돌아오면 어떻게 대해 주는 것이 좋을지 이야기를 나눴다. 이런저런 이야기가 아이들 사이에서 나왔다.

"저는 세라에게 편지를 써서 위로해 줄 거예요."

"나도, 세라에게 편지 써 올게."

"야! 슬픔을 참고 있을 텐데 거기에 우리가 편지 써주면 더 슬퍼지지."

"여러분, 일단 나온 의견이니 칠판에 적을게요, 또 어떻게 하면 세라를 도와줄 수 있을까요?"

"아무 일도 없었던 것처럼 평소처럼 대해 주면 좋겠어요."

"그럼 진혁이는 평소처럼 세라 놀리면 되겠네."

준상이가 말했다.

"나도 생각이 있지, 슬퍼하는 친구를 놀리면 내가 사람이냐?"

세라를 그렇게 좋아하면서도 짓궂게 장난을 치는 진혁이가 절대 안 그러겠다고 맹세하듯 말했다.

"선생님, 저는 할머니가 돌아가셨을 때 슬펐는데요. 자꾸 지내다 보니 괜찮아졌어요. 그런데 TV나 책에서 할머니라는 말을 보면, 그냥 눈물이 났어요. 그러니 당분간 교실에서 아빠라는 말을 안 쓰면 좋겠어요."

아이들이 모두 하은이의 말을 듣고 그게 좋겠다고 동의했다. 그 외에 세라가 인형을 좋아하니 인형을 선물하겠다는 아이도 있었고, 쉬는 시간마다 세라를 데리고 함께 다니겠다는 아이, 급식 먹을 때 제일 먼저 먹게 해주겠다는 아이, 저마다 세라의 아픔을 위로하고 함께 아파하겠다는 따뜻한 이야기들이 오갔다. 그렇게 이야기를 터놓고 나누자, 아이들의 마음은 한 뼘씩 훌쩍 자란 것 같았다. 함께 울고, 함께 웃는 것이 무엇인지 아이들은 자연스럽게 배우고 있었다.

한편 아빠캠프가 3달 뒤면 있는데 어떻게 아빠라는 말을 안 쓸 수 있을지 담임으로서 고민이 생겼다. 수업시간에도 아이들 발표에도 아빠라는 말이 나오지 않도록 해야 하는 미션이 주어졌다.

다음 날 등교한 세라는 이전보다 좀 더 얌전해졌지만, 그렇다고 시무룩하진 않았다. 여전히 핑크 공주님처럼 지냈다. 세라와 같은 아파트라서 몇 번 집으로 초대해서 함께 그림도 그리고 음식도 만들어 먹었다. 세라는 날마다 더욱 예쁘고 귀엽게 커갔다. 일기를 유심히 읽어보며 마음을 살피려고 노력했다. 세라는 일기장을 빽빽하게 채워서 썼고 글 중간중간과 종이 여백에는 작고 앙증맞은 캐릭터들을 익살맞게 그렸다. 일기장은 그대로 출판해도 될 정도로 예쁜 그림책 같았다. 세라는 독서와 그림을 그리며 그 힘든 시기를 묵묵히 넘기며 성장했다. 학년이 바뀌어도 찾아왔고 만나면 늘 안기고 팔에 매달렸다.

내가 아프리카로 파견을 가게 되어 출국하기 전에, 부모님이 계신 강원도로 가족여행을 갈 때 세라도 함께 데리고 갔다. 귀국하여 다시 만나서 파스타도 먹고 연극도 함께 보았다.

교실 청소하다가 누가 떨어뜨리고 간 분홍색 머리핀을 책상에 올려놓고 보니 오래전 우리 반 핑크 공주 세라가 많이 생각났다. 혹시 문자 보낸 제자가 세라일까? 세라는 어떻게 컸을까? 이제 대학교도 졸업을 했을 텐데 말이다.

세림이와 수진이의 아빠캠프

교직생활에서 4학년을 3번 담임했다. 이전에 내가 몸담고 있던 학교는 초등학교 6년 중 4학년 만이 할 수 있는 아빠캠프가 있다. 요즘은 많이 변하고 있지만 내가 교직을 시작하던 시기만 해도 아빠들이 직장 일로 바쁘다는 핑계로, 자녀들의 학교생활 및 교육 관련해서는 엄마들이 주도적으로 담당했다. 그래서 아빠들이 교육의 주체가 되고, 자녀들과의 건강한 관계를 형성할 수 있도록 아빠캠프를 20년 이상 진행해 오고 있다. 취지도 좋고 실제로 참여한 학생과 아빠들의 만족도가 높은 행사였다. 하지만 문제는 여러 가지 이유로 아빠와 참석할 수 없는 학생들이 있을 때였다. 아빠가 안 되면 삼촌이든 가까운 친척이 함께할 수도 있었지만, 아빠의 자리라는 것이 대체 불가한 것이기에 안타까울 때가 있다.

한번은 우리 반에 세림이와 수진 아빠가 함께할 수 없는 상황이었다. 그래서 우선은 2명의 아이들과 어머님에게 아빠캠프 참석 여부를 조심스레 물어보았다. 아이 둘은 아빠캠프가 4학년 때 있다는 것을 알았던 작년부터 고민했다고 한다. 또한 아이들의 어머니들도 어떻게 해야 할지 마음을 졸이기는 마찬가지였다.

“아빠캠프 너무 하고 싶어 하는데, 아시다시피 아빠가 없으니 어떻게 해야 할까요?”

“친척 중에서 가능하신 분이 계실까요?”

“글쎄요. 있긴 해도 부탁하려니 좀 그렇네요. 아직 몇 달 남았으니 아이와 더 이야기 나눠보고 알려드릴게요.”

이런 것을 물어보는 내가 참 잔인하다는 생각도 들었다. 그러다 우리 반에 있는 예진이 아빠가 생각났다. 예진이 아빠는 우리 학교에서 아이들이 가장 좋아하는 체육 선생님이셨다. 항상 유쾌하시고 재미있어서 학생들은 물론 교사들도 학부모들도 모두 좋아하는 선생님이셨다. 예진이와 예진이 아빠가 동의만 해준다면 텐트에서 1박이 가능할 것 같았다. 그리고 나머지 1박 2일간 진행되는 활동은 담임인 내가 함께하면 될 것 같았다.

자초지종을 말씀드리자 예진이 아버지는 망설이지도 않고 오케이 해주셨다. 예진이도 아빠와의 소중한 1박이지만 친구들의 사정을 알기에 기쁜 마음으로 오케이 해주었다. 그리고 2명의 어머님과 아이들도 예진이와 예진이 아버님과 함께한다면 아무 걱정할 것도 없고 오히려 기쁘고 좋다며 참석하기로 했다.

아빠캠프는 9월 첫 주 토요일에 한다. 그러나 여름방학 전부터 아빠들에게는 어와나 자동차 만들기 미션이 주어진다. 아빠들은 아빠캠프 저녁에 있는 나무 자동차 경주를 위해 방학 내내 깎고 다듬고 색칠하였다. 무게 제한과 규격 제한이 있었고, 스피드와 디자인 두 부분의 금·은·동 시상이 있기에 아빠들의 보이지 않는 경쟁이 장난이 아니었다. H자동차 아빠, S전자 아빠들에게는 더욱 자존심을 건 미션이었다. 나무토막 한 개로 자녀가 평생 간직할 자동차 혹시 나중에 가보(?)로 전해질지 모르는 자동차를 피노키오의 제페토 할아버지처럼 영혼을 갈아 넣어 만들었다.

그런 엄청난 미션이 갑자기 나에게 주어진 것이다. 예진이 아빠야 워낙 손재주도 좋으시고 하시니 1개 더 만드시는 것이 그렇게 어렵지 않으실 것 같은데 나는 미술과 거리가 상당히 먼 사람이다 보니 부담이 이만저만이 아니었다. 그래서 이미 만들어 보신 분들에게 조언을 구하고, 나름대로 최선으로 만들었다. 무게는 낚시 봉돌을 이용해 최대한 150g에 맞추고, 바퀴는 윤활유를 뿌리면 실격이니 연필심을 갈아서 마찰을 줄이고…등등의 조언을 들었다. 칼과 사포를 이용해 경주용 자동차 모형을 만들고, 도색하고, 번호를 붙이고, 바퀴도 얼라인먼트 잡고, 참 쉬운 일이 아니었다. 그렇게 만든 자동차를 세림이에게 보여주었다.

"선생님, 최고예요. 얼마나 걱정했는데요."

"걱정했다고? 선생님이 자동차 못 만들 줄로 알았어?"

"그게 아니구요, 다른 친구 아빠들이 만들다가 손을 많이 다쳤다고 해서요."

그렇다. 들리는 소문에는 아빠들이 바빠서 만드는 것을 차일피일 미루다가 자녀와 아내의 등쌀에 밀려 대회 앞두고 급히 만들다가 손을 다쳤다는 이야기도 들려왔다. 정말 목숨(?) 건 피 튀기는 아빠들의 미션이었다.

그렇게 참여한 아빠캠프 자동차대회에서 세림이의 자동차는 반에서 3등을 하고, 반 대표로 본선에 진출했다. 본선에서는 입상하지 못 했지만 나중에 중학생이 되어 찾아온 세림이는 그때 그 자동차를 유리 전시관에 넣어 잘 보관하고 있다며 그때 정말 행복했다고 말해주었다.

세림이와 수진이는 그렇게 아빠캠프에 참여했고 캠프기간 함께 했지만, 그래도 채워줄 수 없는 아빠의 공간이 있었을 것이다. 그럼에도 불구하고, 세림이와 수진이가 그날 집에서 홀로 슬퍼하는 밤이 아니라 자신을 사랑하고 아껴주는 사람들이 주변에 많이 있다는 사실을 안 것 만으로도 따뜻하고 감사한 시간이 되었기를 바란다.

5년 전 같은 학교에 근무했던 예진 아빠이자 체육 교사이신 이은수 선생님이 떠올라 오랜 만에 전화를 했다.

"선생님, 혹시 아빠캠프 같이 했던 수진이와 세림이 기억나세요?"

"알지~ 다 우리 딸 친구잖아. 수진이는 유학 갔고, 세림이는 졸업하고 올해 우리 학교 특수교사로 와서 같이 근무하고 있어. 안 그래도 며칠 전 같이 밥 먹으면서 강원도 있는 김쌤 이야기했는데."

세림이가 자기 모교이자 내가 오래 있었던 학교에 특수교사로 왔다는 소식이 너무 기뻤다. 그런데 세림이가 수원에 교사로 왔으면 멀리 이사 왔다는 문자를 보낸 제자는 아니니 세림이도 후보에서 아쉽게 탈락~^^

윤진이의 특급 작전명 '첫사랑'

"김쌤, 오늘 3교시죠?"

"네?……."

13년 만에 윤진이 어머니의 전화가 왔기에 받았는데, 느닷없이 인사도 없이 오늘 3교시냐고 물어서 순간 당황했다. 하지만 윤진이 어머니도 교사여서 나와 동명이인인 교사에게 전화한다는 것이 내게 온 것임을 순간적으로 알아차릴 수 있었다.

"안녕하세요? 윤진이 어머니 오랜만입니다. 잘 지내셨어요?"

"어머, 선생님 죄송해요. 우리 학교 선생님과 성함이 같아서 전화를 잘못 걸었어요. 잘 지내시죠?"

"네, 잘 지내고 있습니다. 윤진이 졸업연주한다고 페북에 올라온 것 봤는데, 코로나 상황이라 가보질 못했네요. 윤진이 잘 있죠?"

"윤진이가 선생님 찾아뵙는다고 했는데 아직 안 갔죠?"

"윤진이 바쁜 거 잘 알고 있습니다. 유튜브 채널로 하프연주 올리는 것 구독하고, 잘 보고 있습니다. 윤진이 너무 대견하고 예쁘네요."

"감사해요. 선생님, 윤진이한테 연락드리라 하겠습니다."

그렇게 오랜만의 통화를 마쳤다.

출장 가는 길에 운전하며 받은 전화는 자연스럽게 윤진이에 대한 기억으로 연결되었다. 윤진이는 달리기를 잘하고, 수학을 잘하는 여학생이었다. 3~4학년 2년을 담임했는데, 사교성도 좋고 방과 후 수업으로 하프를 열심히 배우는 아이였다. 처음에는 하프가 가방보다 약간 큰 것이었는데 점점 커지는 것 같았다. 고등학교 재학 중 러시아에 가서 오케스트라와 협연했다면서 보내온 영상을 보니, 성인 키보다 크고 둥그스름한 삼각형 모양의 하프 테두리는 코린트 양식 건물 기둥과 같은 화려한 장식에 황금색으로 도금이 되어 있었다. 윤진이가 입은 드레스 또한 중세 무도회에서 입었을 법한, 예쁘고 화려한 것이었다. 고등학교 1학년 때 찾아와서 저녁을 함께 먹으며, 이런저런 이야기를 나눴다. 그때 자기 하프를 옮기려면 1톤 트럭을 빌려야 하고, 돈이 많이 든다고 했던 말이 생각났다. 정말 크고 화려하고 멋진 하프였다. 하프를 전공하고 이제 하피스트로 활동하고 있는 윤진이 공연을 언젠가 꼭 직관하리라 마음먹고 있다.

윤진이를 생각하면 수학 단원평가 볼 때마다 "선생님, 머리 아파요!"했던 기억이 난다. 수학을 잘했으면서도 늘 꾀병 아닌 꾀병을 부렸다. 사실 윤진이 아빠, 엄마가 모두 EBS 수학 강사셨다. 그래서 100점에 대한 부담이 있었던 것은 아닐까 생각하곤 했다.

4학년 1학기 학년 체육대회가 있었다. 오전의 아기자기한 경기에서 5개 반이 비슷한 점수를 얻었다. 그래도 우리 반이 1등을 하고 있었다. 오전 마지막 줄다리기 토너먼트, 우리 반은 부전승의 운도 따라주어 간신히 결승에 올랐다. 그런데 오후에 결승 상대는 4학년 단반이었다. 단반은 담임선생님부터 한 덩치 하시는 최병진 부장 선생님 반이었고, 점심시간마다 밥이 모자란다며 늘 다른 반에 남는 밥을 가져가곤 했다. 그래서 그런지 덩치 큰 아이들은 죄다 단반에 모아놓은 것 같았다. 오전 예선전에서도 4학년 은반을 가볍게 이기고 올라왔다. 우리 반과 짝반이었던 은반 이지영 선생님은 꼭 단반을 이겨달라며, 오후에 우리 반을 응원하겠다고 했다.

교실에서 점심을 먹고 우리 반은 작전회의에 돌입했다. 객관적인 전력에서는 도저히 이길 수 없는 것 같아서 어떻게 할지 의논했다. 아이들에게 앞으로 바짝 붙어서 시작과 동시에 하늘을 보고, 뒤로 눕기로 했다. 그런데 윤진이가 자기를 제일 앞에 세워달라고 했다.

"선생님, 제가 제일 앞에 설게요."

"야 너는 말라서 안 돼."

우리 반 수찬이가 펄쩍 뛰며 말했다.

"윤진아, 왜 앞에 서고 싶은데?"하고 물어보았다.

"어차피 우리가 단반 보다 힘이 약하고 무게도 적게 나가잖아요. 근데 단반에서 제일 앞에 서서 당기는 맹근우가 제가 볼 때는 대장 같아요."

"그래 맞아. 맹근우가 우리 학년에서 가장 뚱뚱하고 힘이 세지. 그래서?"

수찬이가 맞장구를 치며 다그쳐 물었다.

"맹근우가 유치원 때부터 저를 좋아했거든요. 그래서 제가 앞에 있으면 세게 안 당길 거예요."

"니가 있으면 더 세게 당길걸, 좋아서."

수찬이가 놀리듯 말하자, 아이들이 모두 킥킥대고 웃었다. 나도 윤진이의 말이 너무 귀엽고, 웃겨서 웃지 않을 수가 없었다.

윤진이와 단짝인 지원이가 윤진이를 거들며 말했다.

"선생님, 저도 앞에 세워주세요. 맹근우가 저도 1학년 때 쬐끔 좋아했거든요."

비장하게 시작된 작전회의는 윤진이와 지원이로 인하여 폭소의 장이 되었다.

아이들이 웃었지만, 어차피 정면 대결로는 힘든 승부이기에 다들 반대하는 것 같지는 않았다.

“그래. 그럼 우리 윤진이와 지원이를 제일 앞에 세우고 줄다리기하면 어떨까?”

“좋아요. 선생님, 괜찮을 것 같아요.”

“적의 허를 찌르는 공격 같은데요. 《삼국지》에서 이런 작전도 나와요?”

교수님 아들이고 책을 많이 읽는 우리 반 똘똘이 스머프 원강이가 흥분된 목소리로 찬성했다.

그렇게 우리는 줄다리기 결승전에 나갔다.

단반 최병진 선생님은 싱글벙글 웃으시며 “우리 반이 애들이 다 커서 계주는 안 되지만, 줄다리기는 우승이지, 안 그래?”하며 기선제압용 심리전이 들어왔다. 우리는 작전대로 줄을 맞춰 앞으로 바짝 당겨 앉고 제일 앞에 비밀병기 윤진이와 지원이를 세웠다. 아이들의 표정이 정말 진지했다. 중앙을 알려주는 붉은색 천을 밟고 있던 이세봉 선생님이 양쪽을 살피며, 시작 호각을 불려고 준비하고 있었다.

“맹근우 잘생겼다! 맹근우 잘생겼다!”

갑자기 윤진이가 단반의 제일 앞에 서서 콧바람을 킁킁 불어 대고 있는 맹근우에게 소리쳤다. 맹근우는 갑자기 들려온 칭찬에 기분이 나쁘지 않은지 입을 실룩했다. 윤진이는 그렇게 몇 번을 더 소리쳤다. 자꾸 그러니 근우는 금세 헤헤 웃으며, 땅을 봤다가 하늘을 봤다가 하면서 애써 외면하려고 했다. 그와 동시에 호루라기 소리가 "삑"하고 났다. 줄이 양쪽으로 조금씩 왔다 갔다 했다. 그런 가운데 윤진이와 지원이는 "맹근우 잘생겼다~ 맹근우 멋있다~" 하고 연신 외쳐댔다.

복수해 달라며 응원을 약속한 은반도 우리 솔반을 응원했다. 그러자 이상하게 다른 반도 우리반을 응원하기 시작했다. 운동장이 '솔반 이겨라'로 떠날 듯했다. 시계를 보던 체육 선생님이 호각을 불었다. 약간의 차이로 우리 반이 첫판을 이긴 것이다. 우리 반 아이들이 좋아서 소리치며 난리가 났다. 나도 얼마나 소리를 질렀던지, 목이 아팠다.

곧장 자리를 바꾸어 2번째 판을 준비했다. 이번에도 윤진이와 지원이가 앞에 섰다.

"근우야 오늘따라 너무 멋지다~."

이 정도면 놀리는 것을 알아채야 하는데, 맹근우는 실실 웃고 있었다. 어디가 간지러운지 몸 둘 바를 몰라 했다. 맹근우 옆에 있던 다른 아이가 근우를 보고, 정신 차리라고 핀잔을 줬다. 그 아이는 체육 선생님께 솔반 여자애들이 반칙한다고 어필했다.

'똑똑한 녀석 우리 작전을 어떻게 알았지?'

하지만 체육 선생님도 그 상황이 재밌는지 웃기만 했다. 다시 시작된 2번째 판은 단반이 조금씩 끌고 갔다. 더 끌리면 안 될 것 같았다. 그래서 우리 반 아이들에게 외쳤다.

"이번에 이기면 선생님이 아이스크림 쏜다."

"야! 선생님이 아이스크림 쏜데~!"

아이들이 힘을 내는 것 같았다. 그래도 한 번 끌려간 줄은 돌아오지 않았다.

"이기면 선생님이 아이스크림 2개 쏜다."

"와~ 아이스크림 2개 쏜데!"

사기가 오른 아이들이 힘을 내기 시작했고, 윤진이와 지원이는

더 맹근우를 칭찬했다. 그렇게 줄다리기 결승이 펼쳐지는 운동장은 열광의 도가니였다. 그리고 마침내 호각이 울렸다. 결과는 우리 반이 초반에 끌려가던 것을 다시 끌고 와 한 뼘 차이로 역전하며 승리했다. 모두가 펄쩍펄쩍 뛰면서 좋아했다.

지금까지 체육대회 중에서 가장 기억에 남는 줄다리기였다. 다윗과 골리앗의 싸움에서 이겼다. 그때 윤진이의 특급 작전명 '첫사랑' 정말 잊혀지지 않는다. 물론 나는 아이들과 한 약속인 아이스크림을 2번 사줬다. 그런데 이때 일을 학급밴드에 올렸더니 학부모님들도 재밌고 좋았는지 아이스크림을 여러 번 사서 보내주셨다.

그때 제갈공명도 울고 갈 기발한 작전을 생각해 낸 맹랑한 제자 윤진이와 4학년 솔반 제자들을 추억하다 보니 출장지가 금세 눈앞에 나타났다.

윤진이 엄마와도 통화도 했고, 윤진이 유튜브 채널 하프연주 영상에 댓글을 달았더니 고맙다고 답글도 달았다. 윤진이 고등학교 때 휴대폰 연락처가 있는데 찾아온다는 제자의 문자는 윤진이 번호가 아니었지만, 대학 기간에 새로운 번호로 바꾸었을 수도 있고, 또 윤진이 어머니가 연락하라고 하겠다고 한 것도 있다. 그렇다면 문자 보낸 제자는 윤진이가 유력한 후보가 아닐까?

《명심보감》을 새롭게 해석한 1학년, 권건호

어느 날 인터넷 뉴스 기사에 초등학생에게 《명심보감》을 쓰게 한 교사가 아동 학대했다는 내용으로 올라왔다. 선생님들 중에서는 훈육이 필요한 학생에게 《명심보감》을 쓰게 하기도 한다. 나도 아이들에게 쓰게 하는데, 이게 왜 문제가 될까? 하는 마음으로 기사를 봤다. 일기를 안 써왔다고 6개월간 점심시간 놀이를 금지시킨 것과 《명심보감》을 쓰게 한 것이 문제가 된 것이었다.

기사만 보고 모든 상황과 양쪽 입장을 정확히 알 수는 없다. 하지만 학생이 무슨 잘못을 했더라도 훈육은 징벌이 아닌, 자신의 행동에 책임을 지고 약속을 지키는 것을 배워 가도록 하는 것이어야 한다. 교실에서 어른은 교사 1명이고, 학생들은 모두 어리기에 간혹 교사들은 아이들에게 고압적인 방법으로 지도할 때가 생긴다. 많이 주의하고 돌아보고 경계해야 할 부분이다.

《명심보감》 하니 권건호 제자가 생각이 났다. 건호는 말은 많지 않은 학생이었지만 주말마다 아빠와 낚시를 다녀온 뒤 월요일이면 그 이야기를 아주 신나게 했다. 특히 쏘가리를 잡았을 때면 며칠을 자랑했다. 건호는 축구도 좋아하고 운동을 잘했다. 1학년 체육대회 때 각 반에서 씨름 남녀 대표를 뽑는 경기를 했다. 그리고 반별 대항전으로 1학년 남자, 여자 천하장사를 뽑았는데, 여기서 남자 천하장사가 되었다. 이렇게 힘과 체격이 좋은 건호다 보니, 우리 반 아이들 중에서는 건호와 조금 부딪쳐도 넘어지기 일쑤였다. 건호가 밀어서 넘어졌다고 울면서 오는 아이와 건호를 함께 불러 이야기하다 보면, 늘 건호가 일부러 밀거나 다리를 걸지 않은 것 같았다. 단지 건호가 단단하고 힘이 좋다 보니, 상대적으로 다른 아이들은 건호에게 부딪히면 그렇게 느끼는 것이었다.

1학년 2학기가 되어 한글도 어느 정도 알고 글씨도 쓸 수 있을 때에 《명심보감》의 〈친구편〉을 따라 쓰도록 했다.

평소 건호의 한글 실력이면 벌써 다 썼어야 하는데, 다 못 쓰고 고개를 갸웃거리고 있었다. 따라 쓰기 쉽게 한 줄은 《명심보감》 문장이 쓰여 있고 다음 줄은 빈 줄이라 위에 있는 글을 보고 따라 쓰면 되게 되어 있는 활동지였다. 얼른 해서 가져오라고 했더니 쭈뼛거리며 가져왔다. 그런데 따라 쓰라는 문장은 쓰지 않고 이상한 말을 써 놓았다. 그래서 건호를 불러서 물어보았다.

“건호야, 윗줄 문장을 보고 아래 빈칸에 따라 쓰는 건데 도대체

뭘 쓴 건지 모르겠네."

"그런 거예요? 몰랐어요. 선생님, 다시 쓸게요."

"어서 다시 써 와."

그러고 건호가 먼저 쓴 이상한 말을 읽어보았다. '맞습니다.' '그렇습니다.' '그렇게 하겠습니다.' 도통 무슨 말을 하는지 알 수가 없었다. 그런데 앞뒤 문장을 연결해서 읽어보니 배꼽을 잡고 웃지 않을 수 없었다.

《명심보감》

1학년 1반 이름 : 권건호

학업을 게을리하지 말라

- 알겠습니다.

게으르면 쓸모없는 사람이 된다.

- 맞습니다.

학문을 이루지 못한 것은 아들의 죄이다.

- 맞습니다.

따뜻한 옷을 입고 배불리 먹으면서 사람들 틈에 끼어서

- 먹고

웃고 이야기를 하면, 높이 오르려 해도 하류에도 미치지

- 않는다.

못하게 되고, 똑똑한 인재를 만나면 말이 통하지 않는다.

- 통하지 않으면 어똑하지?

배우지 않으면 인생이 어두운 밤길 같다.

- 맞습니다.

배우는 게 힘이다

- 친구를 때리는 사람이 보이면 저도

안 때리겠습니다.

보통 사람은 고생하면서 배워

- 봅시다.

알아야 하며, 고생이 싫어서 배우지

않는다면

- 앉댑니다.

엄한 스승이 있어야 성공한다.

- 알겠습니다.

집안에 어진 부모가 없고 엄한 스승

과 벗이 없는데도

- 성공합니다.

성공한 사람은 드물다

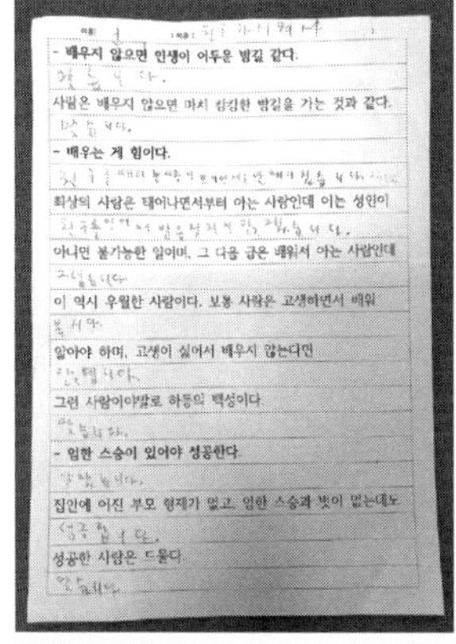

- 배우지 않으면 인생이 어두운 밤길 같다.

사람은 배우지 않으면 마치 캄캄한 밤길을 가는 것과 같다.

- 배우는 게 힘이다.

최상의 사람은 태어나면서부터 아는 사람인데 이는 성인이

아니면 불가능한 일이며, 그 다음 급은 배워서 아는 사람인데

이 역시 우월한 사람이다. 보통 사람은 고생하면서 배워

알아야 하며, 고생이 싫어서 배우지 않는다면

그런 사람이야말로 하등의 백성이다

- 엄한 스승이 있어야 성공한다.

집안에 어진 부모 형제가 없고, 엄한 스승과 벗이 없는데도

성공한 사람은 드물다.

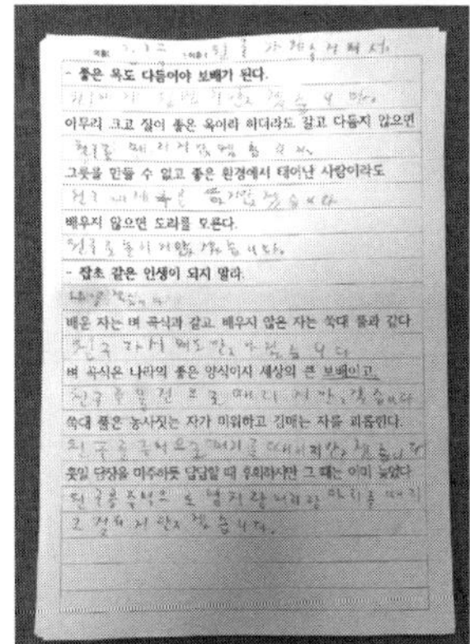

- 좋은 옥도 다듬어야 보배가 된다.

아무리 크고 질이 좋은 옥이라 하더라도 갈고 다듬지 않으면

그릇을 만들 수 없고 좋은 환경에서 태어난 사람이라도

배우지 않으면 도리를 모른다.

- 잡초 같은 인생이 되지 말라.

배운 자는 벼 곡식과 같고, 배우지 않은 자는 쑥대 풀과 같다

벼 곡식은 나라의 좋은 양식이자 세상의 큰 보배이고,

쑥대 풀은 농사짓는 자가 미워하고 김매는 자를 괴롭힌다.

훗일 담장을 마주하듯 답답할 때 [illegible] 그 때는 이미 늦었다

- 맞습니다.

아무리 쉬운 일도 노력해야 한다.

- 맞습니다.

아무리 작은 일이라도 하지 않으면 이루어지지 않고

- 해야 한다.

자식이 비록 어질더라도 가르치지 않으면 현명하지 못하게 된다.

- 맞습니다. 최선을 다하겠습니다.

배운 자는 벼 곡식 같고 배우지 않는 자는 쑥대 풀과 같다.

- 네 알겠습니다.

쑥대 풀은 농사짓는 자가 미워하고 김매는 자를 괴롭힌다.

- 친구를 주먹으로 머리와 명치랑 다리를 때리고 걸치지 않겠습니다.

건호는 따라 쓰라는 말을 못 듣고, 나름대로 《명심보감》을 읽으며 자신의 생각을 쓴 것이었다.

몇 번을 읽어보았다. 전체를 읽어보면서 너무 답이 재밌고 웃겨서 한참을 웃었다.

그렇다. 1학년에게는 《명심보감》의 내용을 이해하기가 어렵다는 것과 또한 어른이 생각하기에 아무리 쉽고 간단한 것이라도 1학년 학생에게는 어려울 수 있어서 하나하나 반복해서 알려주고,

또 알려주고 해야 한다는 것을 큰 웃음과 함께 다시 한 번 확인할 수 있었다.

그런 건호는 10년 뒤 나에게 소고기 등심을 사 준다고 했다. "왜 사 줄건데?"라고 물었더니 소고기가 제일 맛있어서 직장 잡고 월급 받으면 사 준다고 했다. 참 맥락 없는 대답이었지만, 초등학교 1학년 학생이 선생님께 밥 사 준다는 말도 하고 기특하고 기분이 좋았다. 그래서 건호와 우리 반 아이들에게 약속했다. 남자아이들은 군 입대 전후로 연락하고 오면 선생님이 소고기 사 주고, 여학생들은 결혼하고 출산 전후로 연락하면 선생님이 찾아가서 소고기 사 준다고 했다. 왜냐하면 생명을 잉태하고 낳는 것과 국방의 의무는 모두 힘들지만 고귀하고 격려 받아 마땅한 일들이기 때문이다. 건호의 소고기 사 준다는 말에서 시작된 것이 큰일이 되어버렸다. 그런데 지나가는 말이 아닌 정말로 제자들이 꼭 찾아와서 밥 한번 같이 먹었으면 좋겠다.

"건호야, 혹시 찾아온다고 문자를 보낸 사람이 너니?"

로션을 좀 더 듬뿍 바르기로 했다

"와 선생님 냄새 좋다!"

"윤석, 언제 또 와서 냄새를 맡고 그래, 선생님 오늘 세수도 안 하고 왔는데."

"거짓말인 거 다 알아요, 좋은 냄새 나는데요."

우리 반 성윤이는 겁도 많고 수줍음도 많았다. 한글도 아직 읽고 쓰는 것이 어려워 수업시간에는 자신감이 없었다. 그런데 아침이면 어김없이 내 곁에 와서 코를 대고 냄새를 맡았다. 그해에는 성윤이 덕분에 개인 청결에 신경을 많이 썼던 것 같다. 성윤이는 몇 번이나 그러지 말라고 했는데도 어느샌가 뒤에 와서 킁킁거리고 있었다. 살짝 다가와서 냄새만 확인하고 갔고, 어떤 때는 내 손이나 팔 냄새도 맡기도 했다. 내가 바르는 스킨과 로션 냄새가 좋다고 하는데 뭐라고 할 일은 아니었고 귀여웠다. 성윤이가 그러니 아침마다 씻고 나서 스킨과 로션을 얼굴이며 목과 팔에 골고루 바르고 마지막으로 손에 남은 것은 어깨에 쓱 문질러 줬다.

성윤이가 왜 그렇게 냄새를 맡을까 궁금했다. 후각에 예민한 아이라 생각하고 지냈다. 그러다 학부모 상담 시간에 성윤이 어머니의 이야기를 듣게 되었다.

"성윤이가요. 선생님에게서 좋은 향기가 난다고 말해요, 선생님을 많이 귀찮게 해드려 죄송해요."

"아닙니다. 성윤이 덕분에 예전보다 잘 씻고 로션도 잘 바르게 되어 제가 고맙죠. 하! 하!"

"성윤이는 냄새로 사람을 기억하기도 하구요. 또 특별한 날이나 여행 가서 먹었던 음식이나 장소를 그때의 냄새로 기억하기도 해요."

"신기하네요, 성윤이 냄새 맡는 행동이 사람들에게 부담을 주지 않으니 걱정하지 마세요."

성윤이 어머니는 성윤이 아빠에 관한 이야기를 해주셨다, 회사에 잘 다니고 건강하셨는데 어느 날 암 판정을 받고 수술 후 집에서 회복하는 중에 성윤이 돌을 얼마 남겨두지 않은 시점에 돌아가셨다고 했다. 그래서 성윤이는 아빠에 대한 기억이 사진을 통해서만 있지 자기 스스로 기억하는 것은 없었다. 그 뒤로 성윤이를 자주 안아주고 축구도 겁이 많아서 못 하는데 자꾸 데리고 나가서 함께하게 했다. 성윤이는 친구들과 놀다가 조금만 불편해지면 눈물을 흘리고 울었는데, 그때마다 성윤이의 생각과 감정을 말로 해보는 연습을 시켰다. 그리고 친구와 대면하여 말할 힘을 키워주려고 노력했다. 성윤이는 2학기가 되니 자신감도 생기고 자기표현도

곧 잘하였다. 그런 성윤이를 보면서 많은 보람을 느꼈다. "멋진 우리 성윤이! 잘생긴 우리 성윤이!"라고 늘 불러줬다. 성윤이는 그렇게 불리는 것을 좋아했다. 지금도 멋지게 크고 있다.

성윤이와 함께 생각나는 제자가 있다. 10년 전에 담임했던 김솔비가 떠오른다. 솔비는 4학년 1학기 중반에 전학 온 여학생이었다. 솔비의 아빠도 대기업 사원으로 단란한 한 가정의 가장이셨는데 갑자기 암으로 돌아가셨다.

전학 와서 하루하루 낯선 교실에 적응하던 솔비가 어느 날 아침 일찍 등교하여 내 옆에 와서 물었다. "선생님 무슨 화장품 쓰세요? 우리 아빠 화장품 냄새랑 똑같아요."하는 것이었다. 그때 그 말이 내 마음에 와서 박혔고 솔비가 내 마음에 쏙 들어왔다. 그 뒤 솔비가 커가는 것을 지켜보았다. 솔비는 어려운 사춘기를 잘 지나고 예쁘고 성실하게 잘 커줬다. 간호학과를 졸업하고 지금은 어엿한 간호사로 사회생활을 하고 있다.

솔비도 성윤이도 내가 쓰는 화장품 냄새에서 조금이나마 마음의 안정을 찾을 수 있었다는 것에 감사하다. 그러고 보니 벌써 15년째 같은 스킨과 로션을 쓰고 있다. 교사가 쓰는 화장품마저도 때로는 어떤 아이의 마음을 터치해 줄 수 있다는 사실이 놀라울 따름이다. 이제는 기능성 화장품도 써야 할 때가 되었지만 좀 더 써

보려고 한다. 한 명의 제자에게라도 도움을 준다니 늘어가는 눈가 주름과 미간의 주름 케어는 조금 더 나중으로 미루고 지금 쓰는 로션을 좀 더 듬뿍 바르기로 했다.

성윤이는 이제 4학년이니 10년 뒤에 찾아올 제자 후보로 올려놓기로 한다. 그리고 솔비는 다시 한 번 꼭 만나고 싶은 제자다. 결혼할 때 초대해 준다면 얼마나 좋을까?

내가 맡은 교실의 학생과 학부모는 내가 책임지고 살린다

새 학기가 시작되었다. 2학년 우리 반 현철이의 지각은 매일 반복되었다. 일찍 오면 10시 전후이고 늦게 오면 11시 30분 점심시간 바로 전이었다. 아니면 결석을 하기도 했다. 학기 초에 계속 이런 일이 있다 보니 걱정이 되어 현철이 어머니에게 전화를 했다. 그러나 전화를 받지 않으셨고 리턴콜도 없었다. 문자를 남겨도 답이 없었다. 작년 담임선생님을 찾아가 현철이에 대해 물었다.

"안 그래도 선생님 찾아뵈려고 했는데 오셨네요."

"다름이 아니라, 현철이가 지각과 결석이 잦고 어머니는 연락이 안 되고 해서 여쭤보러 왔어요."

"그러게요. 작년이랑 똑같군요. 작년에 현철이 결석이 많아서 2학년 못 올라갈까 봐 정말 걱정했어요. 다행히 올라갔지만요."

현철이의 작년 담임선생님은 이름처럼 아이들을 참 다정하게 대하시고 늘 밝게 웃으시는 선생님이셨다. 그래서 현철이의 상황을 많이 안타까워하셨다. 2학년을 올려보내고도 급식실이나 복도에서 현철이를 만날 때면, 쓰다듬어 주시고 사탕 하나라도 손에 쥐여 주시는 분이었다.

"작년에 현철이에게는 늦어도 좋으니 꼭 학교 오라고 했어요. 점심을 두 번씩 타서 정말 맛있게 먹거든요. 그래서 점심만 먹고 가도 좋으니, 오라고 했어요. 그랬더니 정말 늦어도 점심시간 전에는 왔어요. 김 선생님 올해 현철이 잘 부탁드립니다."

작년 선생님의 이야기를 듣고 나니, 현철이에게 많은 감정과 마음이 흘러갔다.

현철이 어머니는 아이들을 데리고 남편을 피해 강원도로 왔다고 한다. 아는 사람이 없는 곳이지만, 두 아이를 키우며 최선을 다해 지내고 있었다. 엄마가 저녁에 일을 나가서 새벽에 들어오시는데, 현철이와 형은 새벽까지 스마트폰과 컴퓨터 게임을 하다 잠들어 아침 등교 시간에 맞춰 아이들 밥 먹이고 등교시키는 것이 쉬운 일은 아닌 듯했다.

현철이 형제는 매일 늦잠을 잤고, 몇 번의 알람도 끄고 자고를 반복하다가 일어나는 시간이 등교 시간이 된 것이다. 그러다 12시 넘어서 깨는 날이면, 그냥 결석하는 악순환이 반복되었다. 아침을 못 먹고 오니, 점심 급식을 2번 3번 받아서 맛있게 먹는 현철이가 우선적으로 학교에 오는 것이 중요했다. 공부도 하고 친구들과 노는 것도 있지만, 무엇보다 점심 급식을 꼭 먹었으면 하는 생각에서였다. 현철이는 축구도 좋아하고 몸 개그도 잘해서 친구들을 잘 웃기는 재주가 있다. 가정통신문을 보고 신청서나 준비물 챙겨 와야 하는 것은 거의 되지 않았지만, 수업활동에는 덤벙거리면서도 적극적이다.

추석 연휴 어느 날, 저녁 9시 넘어서 쉬려고 하는데 갑자기 현철이 번호로 전화가 왔다. 선생님 집에 놀러 온다고 했던 현철이라서 추석 연휴고 하니 안부 전화겠거니 하고 받았다.

"선생님. 선생님 집에 가도 돼요?"

다급한 목소리의 울먹이는 현철이의 음성이 심상치 않았다.

"현철아, 왜? 무슨 일 있니?"

"선생님 집에 가도 돼요?"

"지금 선생님이 인천에 와 있어서 지금은 집에 없는데 무슨 일 있어?"

"아니에요, 다음에 전화할게요."

"현철아, 현철아!"

이렇게 통화는 끝났다. 현철이는 전화해도 받지 않았고, 곧 전화기가 꺼져버렸다. 현철이 어머니도 통화가 되지 않았다.

추석 연휴 내내 현철이가 걱정되었다.

연휴를 마치고 학교에 갔더니 현철이는 등교를 하지 않았다. 아이들 말로는 현철이가 추석 때 속옷 차림으로 밤에 돌아다녔고, 현철이네 집에 경찰이 왔었다는 이야기를 해주었다. 현철이가 전화한 날의 상황이 어떠했는지 상상이 되었다.

다음 날 행정사를 통해 현철이 전출서류 요청이 왔다고 했다. 전라도의 한 초등학교인데, 아빠가 현철이 형제를 키운다며 데려갔다는 것이었다. 현철이 학생부를 기록하는데 많은 안타까움이 들었다.

담임교사로 살아가다 보면, 현철이처럼 어려운 가정을 만날 때가 있다. 그리고 학교폭력 업무를 맡아서 하다 보니, 때론 아이의 문제가 아니라 가정의 불안정한 상황으로 발생하는 경우를 보게 된다. 그런 가정과 아이를 보면 어떻게든 도와주고 싶은데 개입하기가 쉽지 않다. 특히 다문화나 이혼위기의 가정을 보면 마음이 많이 아프다. 마음이 있어도 담임이 아니다 보니 어려운 가정사를 아는 척할 수도 없다. 그래서 그동안 해온 방식으로 최선을 다하기로 했다.

첫째, 내가 맡은 제자들과 학부모에게 집중하고 돌아본다.

둘째, 부모가 아이를 잘 챙기지 못하면 내가 한다. 학교에선 내가 스승과 부모이니까.

교사가 보기에 어떤 부모는 아이를 방임하는 것처럼 보인다. 그런데 조금만 이해하려는 마음을 갖고 살펴보면 자녀를 잘 못챙기고 무관심해 보이는 부모라 할지라도 그것이 현재로서 최선이란 것을 알 수 있다. 가정을 지키고 일하며 아이들을 부양하고 심신이 피곤한 자신도 살아야 하니까 그럴 수밖에 없는 것이다. 좀 더 건강해지고 내적인 힘을 얻고, 의지적으로 일어설 때까지는 마음은 있어도 그럴 수 없는 부모들이 있다.

안 아픈 가정이 없다. 모든 가정이 겉으로는 멀쩡해 보여도 아픔이 많다. 어떤 가정은 피를 철철 흘리고 있는데, 누구에게 하소연도 못 하고 몸과 마음이 녹아내리고 있는 가정도 있다. 어려운 시기를 지내고 있는 부모들에게 담임교사가 전화하여 "자녀에게 좀 신경 써 달라."는 이야기는 때로는 참 아픈 말이 될 수도 있다. 그래서 어떻게든 학생과 부모를 이해하고 품어주려고 노력해야 한다. 어렵거나 특수한 가정상황을 파악했다면, 더욱더 아이가 학교에 오는 것만으로도 충분하다고 다독이고 챙겨줘야 한다.

강원도 정선 돌담병원을 배경으로 방영되었던 〈낭만닥터 김사부〉라는 드라마가 있다. 주인공 김사부의 대사 중에 이런 말이 있다.

"내 구역에서는 다른 규칙 없어, 한 가지 규칙만 있어, 살린다, 무슨 일이 있어도 살린다!"

드라마를 보던 중 그 말이 마음에 와닿았다. 그리고 그때 생각했다. 나도 교사로 살아가는 한 '내가 맡은 교실의 학생들과 부모들은 내가 책임진다. 무조건 내가 책임지고 돌본다.' 이 마음만은 변하지 말고 평생 간직하고 실천하며 살고 싶다.

현철이는 지금 어떻게 지내고 있을까? 마지막 인사도 못 했는데…. 문자 보낸 제자가 현철이라면 얼마나 좋을까….

기억에 남는 제자들의 일기

1학년을 담임으로 국어 교과 그림일기 쓰기를 지도하면서 어떻게 쓰는지 알려주고, 몇 번 검사하며 도와주게 된다.

8년 전 1학년을 담임하게 되어 일기 검사를 하게 되었다.

주말에 부모님들과 어디를 다녀왔는지, 그리고 무엇을 먹었는지, 그림일기로 알 수 있다. 그리고 아이들 중에서는 꽤 재미있으면서도 웃음과 감동을 주는 글을 쓰는 일기도 접하게 된다.

여러 일기가 기억에 남지만, 그중에서 특별히 기억에 남는 일기를 생각해 본다.

첫 번째는 생일 선물로 산을 받은 공태우의 일기이다. 생일 선물의 스케일에 놀랐다.

2□□□년 □월 □일 토요일 맑음

오늘은 내 생일이었다. 외할아버지께서 오셨다. 할아버지가 내 생일이라고 선물로 산을 주셨다. 산은 강원도 정선군 여량면 산 00-0번지에 있다. 아빠가 산에다가 호두나무를 심어 놓는다고 한다. 나는 산에다가 사슴도 키우고, 산토끼도 키울 거다.

생일 선물을 산으로 받았다는 것이 믿기지 않아서 태우에게 물어봤다. 그랬더니 아주 구체적으로 땅문서를 받은 것 같았다. 수원에서 강원도 정선에 발령받고 오니 제일 먼저 태우가 생각났다. 그러면서 주변의 산을 이리저리 살펴보았다. 여기 어디 태우 산이 있을 텐데 하고 말이다.

정선에 발령받고 온 그해 겨울, 태우네 가족이 강원랜드에 놀러 와서 만났다. 태우 부모님께 그때 일기 이야기를 했더니 정말이라고 확인해 주었다. 태우는 엄청 개구쟁이였는데, 몸이 빠르고 친구들 흉내를 잘 내고 놀리기 천재였다. 그러면서도 어찌나 천진난만하고 귀여웠던지, 학급사진에 그 표정들이 많이 남아 있다. 그 까불이가 중학생이 되면서 외국인 학교에 다니며 많이 의젓해져 있었다. 여러 가지 운동과 예술 관련 클럽활동을 하며 건강하게 잘 크고 있어서 보기 좋았다.

두 번째의 주인공은 주사랑의 일기이다. 사랑이는 목사님 아들이었고, 1학년 2학기 중간에 전학을 왔던 아이이다. 책을 정말 좋아했다.

2□□□년 □월 □일 □요일 맑음

오늘 아빠랑 도서관에 책을 빌리러 다녀왔다.

여행용 가방을 2개 가져갔다.

우리 가족은 5명이어서 책을 20권을 빌릴 수 있었다.

나는 책을 참 좋아한다.

아빠가 그러는데 내가 지금까지 읽은 것이 2,000권이 넘는다고 했다.

책을 많이 읽어서 3,000권을 넘기고 싶다. 그래서 엄마를 기쁘게 해주고 싶다.

사랑이의 엄마는 갑자기 허리가 아파서 누워 계셨고 아빠와 아이들이 엄마를 돌봤다. 아이들은 학원에 다니지 않고 엄마 곁에서

책을 많이 읽는다고 했다. 목사이신 아빠가 사랑이가 2,000권을 읽었다고 했으니 의심할 것도 없었고, 실제로 수불석권하는 사랑이를 보니 충분히 이해가 되었다. 그런데 사랑이는 전학 와서 한 달 있다가 다시 전학을 갔다. 엄마 간병을 위해 이사한다고 했다. 사랑이는 지금까지 얼마나 많은 책을 읽었을까? 그리고 어머니의 허리가 온전히 나았기를 소망한다.

세 번째는 박시윤이다. 시윤이는 바이올린 연주 실력이 뛰어났고, 전국 콩쿠르에서 대상도 탔다. 교실에서 장기자랑으로 바이올린을 연주하는데 활로 켜는 것뿐만 아니라, 연주 중간중간에 손으로 뜯어서 소리를 내는 아르페지오 주법도 보여주어서 놀라웠다.

시윤이의 일기는 일기장이 아니라 완전히 소설책이다. 4학년 학생이 나니아 연대기 7개 이야기가 묶인 합본 1,000쪽이 넘는 두꺼운 책을, 가방에 넣고 다니며 틈만 나면 읽었다. 그리고 책을 안 읽는 쉬는 시간에는 일기장에 자기만의 소설을 썼다. 그러더니 어느 날 일기장 검사할 때 제출한 것은 자기가 쓴 일기장 한 권 분량의 소설이었다. '4학년이 추리소설을 썼다니!' 자기 나름대로 등장인물의 성격을 설정하고, 이야기 중에 과거 현재 미래를 왔다 갔다 하면서 이야기를 전개 시켰다. 참 인상 깊었다.

재작년에 시윤이 아버지와 동료 교수님들이 책을 내시고 그것을 보내주셨다. 그래서 정선초등학교 도서관에 기증했다. 이제 조금 있으면 시윤이의 책도 나오지 않을까 기대해 본다. 제자의 책이 나오면 얼마나 반갑고 좋을까?

지금도 일기 검사를 한다. 사생활을 엿보려고 하는 것이 아니라, 국어 교과서에 그림일기 쓰기가 나오고, 또 한글 기초 교육을 위해 일기를 쓰게 한다. 일기 수업을 할 때면 내가 초·중·고, 대학생 때 썼던 일기장을 꼭 가져와 보여준다. 그 안에는 좋아했던 여학생 이야기도 있고, 사춘기 방황하던 마음도 글로 남아 있다. 특히 낡고 오래된 '금다래 신머루' 일기장 표지를 아이들은 신기해한다. 일기장의 겉장을 사진 찍어 올리면, 부모님 가운데서는 꼭 '금다래 신머루' 일기장을 기억하시는 분이 댓글로 반가움을 표해 주신다.

타임머신을 만들 수 있냐 없느냐로 아이들이 한참 열띤 토론을 하다가 결국은 안 되겠는지 선생님에게 다가와서 묻는다. 그러면 나는 아이들에게 타임머신은 이미 너희가 갖고 있다고

말해준다. 우리가 20~30년 전으로 실제로는 갈 수는 없지만, 예전에 썼던 일기장을 펼치면 바로 그 시간으로 돌아갈 수 있으니 그게 바로 타임머신이라 말해준다.

정교한 타임머신을 만들려면 일기를 자주 구체적으로 쓰면 될 것이다. 먼 훗날 일기가 주는 즐거움을 기대하며, 제자들도 나도 일기를 즐겁게 쓰면서 추억을 잘 기록해 가는 여정을 함께 했으면 한다.

Turn back! please!

2012년에 아프리카 케냐의 한 학교로 2년간 파견을 다녀왔다. 그 학교에는 500여 명의 초중고학생들이 있었는데 50여 개의 서로 다른 국적의 아이들이 모여 있었고 그중에 한국학생이 200명이 넘었다. 그곳은 AIM이라는 단체가 세운 학교로 100년이 넘는 역사를 가진 아프리카에서 손에 꼽히는 학교였다. 그곳에 한국 학생들이 많아 한국 교사의 필요성이 있어서 갔다. 그곳에 가서 맡았던 역할은 P.E teacher*였다. 학부 전공이 화학이라 과학 교사를 하면 좋았겠지만, 영어로 수업을 모두 해야 했는데 다행히도(?) 이미 과학 교사는 채워져 있었다. 그래서 영어를 그나마 조금 덜 하고, 내가 좋아하는 운동 종목을 가르칠 수 있는 체육을 맡았다. 그런데 8~12학년(중2~고3) 아이들 수업을 매일 5시간씩 해야 했다. 같은 학년 수업을 반복하는 것이 아니라 매시간 다른 학년의 다른 수업을 그것도 영어로 해야 했다. 간신히 IELTS** 영어 시험을 통과하고 갔었기에 바로 영어 수업을 할 수 있는 수준이 아니었다. 아프리카에 적응하는 것도 힘들었는데 영어로 수업까지…. 그 부담은 이루 말로 할 수가 없었다. 그러다 보니 매일 다음 날 수업을 준비하는 것이 엄청난 도전의 연속이었다.

첫날 첫 시간 8학년 여학생들을 만나 수업을 시작했다. 출석을 될 수 있는 한 천천히 불렀다. 20명의 아이들 이름을 불렀는데도 수업시간은 아직 많이 남았다. 식은땀이 났다. 그래서 전날 저녁 최대한 티칭 시간을 줄이고 활동 위주로 해서 첫 수업을 어떻게든 잘 해보려고 세운 계획을 따라 다음 단계로 넘어갔다. 먼저 체육관을 세 바퀴 천천히 뛰도록 했다. 분명 Slow~ 천천히 뛰라고 했는데 아이들은 깔깔거리며, 엄청나게 빨리 뛰었다. 여기서도 시간을 끌지 못했고 작전 대실패였다. 등줄기에 땀이 주르륵 흘러내렸다. 속으로 '어떡하지! 어떡하지!' 하면서 동동거렸다.

영어를 모국어로 유창하게 쓸 백인 여학생들이 숨을 고르며,

---

* P.E teacher : 체육 교사

** IELTS : International English Language Testing System

나를 뚫어져라 쳐다보고 있었다. 안 그래도 안 되는 영어가 더욱 꼬여만 갔다. 알아들었는지 못 알아들었는지 모르겠지만 아무튼 잘 들어줬다.

준비한 유산소 운동과 웨이트 운동에 대해 간단히 hand-out을 내주고 설명했다. 그리고 실습을 위해 뒤로 돌아서 조금 이동하여 활동해야 했다. 그런데 문제가 생겼다. '뒤로 돌아'를 영어로 말해야 하는데 뭐라 해야 하는지 알 수가 없었다.

조금 망설이다가 "Turn Back!"이라고 했다. 그러자 아이들이 웅성거렸다. 다시 한 번 천천히 또박또박 "Turn back! please!"라고 친절히 말해보았다. 그때 아비가일이라는 백인 여학생이 팔짝 뛰면서 자기 등을 내게 보여주었다. 처음에는 왜 그러는지 몰랐다. 그런데 다른 아이들도 웃으며 덩달아 팔짝 뛰면서 등을 보여주었다. 그때서야 나는 "뒤로 돌아"라는 말이 영어로 "Turn back"이 아니라는 것을 직감했다. 수업이 어떻게 끝났는지 모르게 멘붕 상태로 지나갔다. 쉬는 시간에서야 "뒤로 돌아"는 "Turn around"라는 것을 알게 되었다. 지금도 볼이 화끈거린다.

그렇게 나의 체육수업은 날마다 식은땀을 흘리며 진행되었다. 그때 알았다. 눈물 흘린 만큼, 그리고 창피하지만, 의미 있는 실수를 많이 한 만큼 영어가 는다는 사실을 말이다.

그렇게 영어로 진행한 수업은 점차 루틴이 생기면서 여유가 생겼고, 그때 했던 많은 실수들은 언제든 꺼내서 아이들에게 말해줄 수 있는 이야기로 남게 되었다. 아이들은 선생님이 실수한 이야기를 좋아하니 필요할 때마다 꺼내 쓸 수 있어서 지금은 좋은 교육 자산이 되었다.

그때 가르쳤던 한국 학생이 미국의 대학교에 다니다가 내가 근무하던 학교에 방학 중 원어민 교사로 와서 만났다. 다행히 그 학생은 9학년이었기에 첫날 "Turn back" 사건은 모르고 있었다.

Go Steve! You can do it!

한국뿐만 아니라 외국학교에도 소위 문제아라고 불리는 학생들이 있다. 스티브라는 8학년 남학생인데, 미국 드라마나 영화의 주인공처럼 잘생겼다. 운동을 좋아하는 학생이었는데, 체육 시간 경기를 하면 승부욕이 활활 타올랐다. 달리기도 빠른 데다가 몸싸움도 마다하지 않고, 상대편 아이들에게 과격하게 부딪치다 보니 늘 시비와 부상이 발생했다. 축구, 터치럭비, 농구, 라크로스 경기를 하면 완전 싸움판이 되었다. 반칙하는 스티브를 불러서 경고를 주면, 그때만 잠시 자제하다가도 금세 성난 코뿔소처럼 돌변했다.

이런 공격력 충만한 스티브가 다른 운동에 비해 약한 종목이 있었다. 바로 네트 운동이다. 테니스 수업에서 포핸드 스트로크 연습을 했는데 스티브는 내가 안 보면 공을 있는 힘껏 쳐서 펜스를 넘겨 버리기 일쑤였다. 그리고 복식으로 게임을 할 때면 상대방이 잘해서가 아니라, 자기의 실점으로 지면서도 화를 내며 씩씩거렸다.

스티브와 가까워지는 계기는 배드민턴을 통해서다. 미국 학생들과 Staff들은 배드민턴을 거의 쳐본 적이 없는 경우가 많았다. 스티브도 8학년이 되어 처음 쳐본다고 했다. 한국에서 선생님들과 배드민턴을 꾸준히 쳤던 덕분에 8~12학년 학생들에게 배드민턴을 재미있게 가르칠 수 있었다. 처음에는 모두 낯설어했지만, 기본 스트로크와 서브 넣는 연습을 하고 복식 게임을 한두 번 해보면 대부분의 학생들이 시간 가는 줄 모르고 했다.

키가 190cm가 넘는 백인 아이들이 배드민턴 코트에서 앞으로 갔다가 뒤로 갔다가 왼쪽으로 갔다가 오른쪽으로 갔다가 이렇게 정신없이 왔다 갔다 하는 모습을 보면 웃지 않을 수가 없었다. 스매시로 강하게 내리꽂거나 아니면 클리어로 멀리 보내 버리면 포기하고 안 갈 텐데 학생들이 셔틀콕을 칠 수 있을 만큼의 강도와 높이로 전후좌우로 계속 보냈다. 그러면 아이들은 소리를 지르며 필사적으로 뛰어다니다가 실점하고, 그러다 금세 한 세트를 지고 마는 것이다. 진 것도 분한데 땀은 비 오듯 흐르고 여기저기 넘어져 몸도 말이 아니게 된다. 그러면 승부욕이 발동한 아이들은 "Mr Kim, one more game please!"하면서 줄을 서서 기다렸다.

승부욕이라면 둘째가면 서러울 스티브는 이 약 오르는 배드민턴 경기에 쏙 빠져들었다. 몸이 날쌔서 어떻게 줘도 쫓아가서 받으려고 부산스럽게 움직였다. 배드민턴을 쳐본 사람들은 실력 차이가 조금만 나도 이기기 쉽지 않다는 것을 안다. 하지만, 초보인 스티브는 이 사실을 모르기에 의욕만 앞서서 열심히 뛰어다녔다.

"Go Steve! You can do it!"

아이들의 응원 소리가 뜨겁다. 하지만 스티브는 친구들이 다 지켜보는 앞에서 이리 뛰고 저리 뛰고 그러다 넘어지고, 헛스윙하고, 정말 눈 뜨고 보기 안타까울 정도였다. 그동안 스티브에게 당한 것이 많아서 그런지 아니면 게임 자체가 재미가 있는지 아이들은 스티브의 고군분투에 응원하면서도 고소하다는 듯 깔깔대며 즐거워했다.

스티브는 그 뒤로 체육관 사무실에 자주 찾아왔다. 그리고 배드민턴을 가르쳐 달라고 했다. 그러면 한 게임씩 쳐주곤 했다. Staff 모임에서 스티브의 문제행동에 대해 자주 들었다. 과제를 안 하고 교사의 지시에 잘 따르지 않고, 폭력성이 강하고, 칼과 같이 위험한 물건을 가지고 논다는 것이었다. 스티브는 학교 상담사와 상담을 정기적으로 받았고, 나중에는 나이로비까지 한 달에 2번 정도 나가서 전문 상담을 받았다. 그렇게 힘겨운 일 년을 보내고, 스티브는 부모님이 계신 중동의 예멘으로 다시 돌아갔다.

스티브가 예멘으로 돌아간 뒤에 길에서 우연히 학교 상담사를 만날 일이 있었다. 상담사분이 스티브의 이야기를 꺼냈다. 스티브와 상담할 때 스티브가 우리 학교에서 Mr Kim과 Mr Davis 두 선생님만 자기의 마음을 알아주는 사람들이라고 말했다고 한다.

나는 영어가 원활하지 않아 그렇게 많은 말을 주고받지 못했는데, 스티브가 그렇게 말했다는 것에 마음이 짠해졌다.

자기 뜻과 상관없이 부모님과 멀리 떨어져 지내야 했던 스티브는 낯선 곳에서 사춘기 시절 자기 내면에 일어나는 갈등과 짜증과 여러 문제로 얼마나 힘들었을까? 자기 스스로 어떻게 해결할 수 없는 그 혼란스러운 시기에 배드민턴 한 번 이겨보겠다고 찾아가면 같이 운동해주고 떠듬떠듬하는 서툰 영어로 자기를 타이르고 다독여 준 것에 그나마 위로를 받았던 것 같다.

영어를 유창히 잘하고 미국의 정규 대학교 교육을 받은 백인 선생님들이 많이 있었다. 하지만 스티브는 그들에게서 위로받지 못했다. 그들의 말은 스티브에게 들리지 않았다. 그런데 한국에서 온 키도 작고 피부색도 다르고 영어도 서툴고 악센트는 웃기기까지 한 Mr Kim은 스티브로서는 그냥 보기만 해도 위로가 되었던 것 같다. 아프리카에서 적응하느라 좌충우돌 고군분투하는 나의 모습이 스티브에게는 가장 위로와 용기가 되는 모습일 수도 있었을 것이다.

그렇다. 꼭 탁월한 교사, 능력이 출중한 교사라야 학생과 학부모에게 존경받고 도움을 주는 것이 아니다. 생각해 보면 내가 존경하는 선생님들은 국어를 잘 가르쳐서 수학을 잘 가르쳐주셔서 마음에 남아 있는 것이 아니다. 그저, 머리 한번 쓰다듬어 주시며 해주신 따뜻한 칭찬과 아이들 보내고 몰래 주셨던 문제집과 학용품, 그리고 선생님이 해주셨던 개인적인 이야기가 마음에 남아 있다.

어찌 보면 교사는 자신이 가장 연약할 때, 그리고 스스로 볼품없고 가진 것 없는 교사라고 여겨질 때가 가장 진솔하게 아이들에게 다가갈 수 있는 마음 상태인 것이다. 감사한 마음으로 평범한 교사의 일상을 성실히 살아가며 아이들에게 집중한다면 그것이 바로 위대한 교사의 삶을 사는 것이다.

실패한 것 같았던 아프리카의 생활이었지만 스티브의 일과 몇몇 크고 작은 일들로 나는 큰 위로를 받았다. 스티브는 나를 찾기 어려울 수 있으니 내가 페이스북으로 스티브를 찾아봐야겠다.

드디어 문자 보낸 제자를 만나다

드디어 문자를 보낸 제자로부터 주말에 방문하겠다는 연락을 받았다.

'선생님, 이번 주 토요일에 찾아가 뵈도 될까요? 저희 어머니와 아버지도 선생님을 많이 보고 싶어 해요. 함께 갈게요. 아 참 제가 누군지 모르시겠죠? 최근에 스마트폰을 바꿔서 번호가 이전번호랑 다릅니다. ㅋㅋ 선생님 저 ㅊㅈㅅ입니다.'

드디어 문자의 발신인을 알게 되었다. '초성퀴즈' 이것은 요 녀석이 늘 쓰는 장난이다. 단번에 알 수 있었다. 겉과 속이 깨끗하고 투명한 개구쟁이 최진성이다.

진성이와의 첫 만남은 진성이 어머니의 암수술과 회복 중에 시작되어 특별했다.

"선생님 안녕하세요? 내일 입학생 최진성 엄마입니다."

"네, 안녕하세요?"

"다름이 아니라 내일 진성이 입학이라서 가봐야 하는데 제가 치료 중이라서 어떻게 될지 몰라 연락드렸어요."

"어디 많이 편찮으신가 봐요?"

"암 수술받고 회복 중이에요. 좀 회복은 되었는데, 내일 갈 수 있을지 의사 선생님께 문의해 두었는데 아직 답을 못 들었어요. 하나뿐인 아들 진성이 입학에 꼭 가고 싶어요. 선생님!"

당시에 근무하던 학교는 가정과 학교가 서로 신뢰하고 협력하는 시스템이 잘 정착되어서, 입학을 앞두고 학부모들에게 반 편성과 담임교사를 학교 홈페이지로 공지했다. 진성이 어머니도 학교 공지를 보고 연락했다고 하였다. 진성이 어머니 이야기를 들어보니 조금 늦게 결혼하셨고, 늦게 얻은 외아들이 진성이었다. 진성이는 건강하게 잘 자랐고 유치원 기간에 어려운 일도 있었지만 잘 이겨내고 초등학교에 들어오게 됐다고 한다. 그래서 더욱 진성이의 입학 첫날에 축하하고, 함께 기뻐하고 싶으셨나 보다.

다음 날 입학식에 진성이가 엄마 아빠 손을 꼭 잡고 왔다. 그래서 반갑게 만나고 어머니도 만나 인사를 나누었다. 천천히 걷고 말씀하시는 것을 보니 아직 회복 중임을 알 수가 있었다. 그렇게 시작된 진성이와의 만남은 지금까지 연결되고 있다. 지난 스승의 날에는 주말이라 고속도로가 막혀서 5시간이나 걸리면서도 부모님과 함께 방문했었다. 진성이 어머니와 아버지는 특별한 날이면,

늘 먼저 연락을 주시고 때론 진성이가 영상으로 노래도 불러주고 세배도 한다.

진성이와 특별한 관계가 된 것은 단지 초등학교 1~2학년 담임 선생님이었던 것이 전부이다. 진성이는 목소리가 크고 노래를 잘했다. 장난도 잘 치고 역할극도 실감이 나게 잘했다. 단지 다른 아이들은 떠들다가도 눈치껏 그만하는데 진성이는 마냥 즐겁게 웃고 떠들다가 선생님에게 걸려 혼나는 그런 천진난만한 아이였다. 그래서 가끔은 억울할 때도 많았다. 그런 진성이가 귀여웠다. 그리고 억울한 것을 말할 수 있게 해주고 들어주었다. "진성이는 정직한 사람이고, 만일 앞으로 진성이와 싸우는 사람이 있으면 진성이가 아닌 그 사람이 잘못한 것으로 생각하겠어요."라고 아이들에게 말해주며 자기표현이 서툰 진성이를 친구들이 공격하지 못하도록 살짝 엄포를 놓았다. 사실 진성이가 고집을 피워 다툼이 생기기도 하지만 진성이에게 친구들이 좀 배려하고 챙겨주도록 하는 부탁이었던 말이었다. 지금도 교실에 느리거나 조금 더 보호해줘야 할 아이가 있으면 이렇게 하고 있는데 지금까지 "우리 선생님 편애한다! 억울하다!" 하는 아이들은 없었다. 오히려 선생님의 말뜻을 헤아리며 마음이 깊어지는 것을 보았다.

진성이는 그렇게 아이들과 즐겁게 학교생활을 했다. 어느 날 풋

살장에서 남학생 대 여학생 축구 시합을 했다. 1학년들이라서 선생님이 함께하면 모두가 함께하게 되는데 선생님이 여학생 팀이 되어 한 골을 넣고 나면 지는 걸 싫어하는 남자아이들의 마음에 불길이 솟아오른다. 그때부터 경기는 재미있어지기도 하지만, 반칙이 많이 나오게 된다. 역시나 우리 반 개구쟁이들은 여자아이들을 밀고 반칙을 했다.

"최진성, 반칙! 태클하지 마! 다친다."

그래도 다른 아이가 반칙한다.

"선생님, 남자 애들이 자꾸 반칙해요!"

여자아이들은 조금만 건드려도 반칙이라고 이른다.

여자아이 중에서도 남자아이들에게 지지 않는 막강한 공격력을 가진 아이들이 꼭 있다.

그때 진성이가 예빈이를 밀어서 넘어뜨렸다.

"선생님, 예빈이 울어요!"

예빈이가 아파서 울기 시작하니 아이들이 다 모였다. 이때 옆에서 화가 난 혜원이가 말릴 겨를도 없이 진성이를 주먹으로 쳤다.

"별로 안 아픈데~ 안 아픈데~"하며 진성이가 혜원이를 놀리며 빨리 축구나 하자고 했다.

"어, 선생님 진성이 코피나요!"

혜원이에게 맞고 아프면서도 안 아픈 척하던 진성이의 왼쪽 코에서 빨간 코피가 흘렀다. 그러다 오른쪽 코에서도 피가 났다.

"쌍코피다."

진성이를 보고 아이들이 저마다 쌍코피라고 했다. 그러자 진성이는 손으로 코를 쓱 닦고선 코피라는 것을 눈으로 확인했다. 코피를 보자마자 진성이는 갑자기 두 눈에 눈물이 흘렀다. 코에서는 쌍코피 두 눈에선 눈물이 줄줄 흘렀다. 쌍코피와 쌍눈물이라 해야 하나…. 옆에 있던 아이들이 자꾸 "쌍코피다! 쌍코피다!" 하니, 방금 전에 하나도 안 아픈 척하다가 지금은 펑펑 울고 있는 모습이 너무 웃겨서 지혈을 해주면서도 웃고 말았다.

진성이는 그때의 일을 고등학생이 된 지금도 잘 기억하고 있었다.

"진성아. 그때 쌍코피 기억나?"

"하하하 기억나죠~ 지금 생각해도 참 창피하네요."

"진성아, 봄에 모내기 한 것은 어떻게 추수했니?"

"네, 2주 전에 수확했어요. 직접 키운 벼를 타작해서 밥도 지어 먹었어요. 유기농법으로 오리도 같이 키웠는데 오리도 많아요."

진성이는 1~2학년 때 도서관에 함께 가서 책을 읽을 때면 꽃과 곤충 관련 도감을 즐겨 봤었다. 여름방학 때면 아침부터 저녁까지 잠자리를 그렇게 잡아서 광교산의 잠자리를 다 잡았다고 일기에 쓰던 아이였다. 그래서 그런지 한창 공부하고 대입 준비를 해야 할 시기에 논에 가서 모내기를 하고 유기농법 재배를 위해 오리도 키운다는 진성이가 이해도 되면서 한편으로는 참 멋지고 신선한 느낌을 줬다. 내 자녀들도 그리고 제자들도 혼탁한 세상 속에서 진성이처럼 자신의 길을 찾아 정해진 것 멋지고 화려한 것만 추구하지 말고 남들이 관심 없고 인기가 없는 것이라도 도전해 보면 좋겠다는 바램을 가져보았다.

"진성이가요 요즘 요리를 해줘요. 탕수육, 떡볶이, 만둣국 그리고 김치를 담그겠다고 해서 같이 담궜어요, 요리해서 접시에 하트 모양으로 플레이팅도 해놓고 참 감동이랍니다."

늘 밝고 긍정적이신 진성이 어머니는 아들의 든든한 지원군이셨다. 그리고 진성이 아버지도 주말에 함께 논농사를 지으셨다고 했다. 핸드폰으로 농사짓던 사진들을 보여주셨다. 모내기 전에 논 축구로 전신이 진흙탕이 되어 웃는 사진도 인상적이었고 농사를 함께 짓는 분들과 점심으로 먹었다는 비빔밥 사진도 매우 인상적이었다. 밥을 비비기 전 큰 스테인리스 대야에 비빔밥 고명이 하도 화려하기에 예쁘다고 하니 비빔밥에 들어간 재료를 말해주셨다. 밥,

미나리, 오가피, 두릅, 방풍, 콩나물, 냉이, 씀바귀, 갓꽃, 배추꽃, 도라지, 고사리, 원추리, 가지, 시래기, 호박, 고구마줄기, 고수, 계란후라이를 얹고 그 위에 분홍 진달래꽃을 둘러놓고 찍어둔 사진이라고 하셨다. 너무 예쁜 각각의 나물들의 향이 참기름의 고소함과 함께 느껴지는 듯했다.

코로나로 인한 사회적 격리로 제자들과 학부모들과의 만남이 중단되어 많이 아쉬웠는데 이렇게 찾아와 준 진성이네 가족은 그 자체로 반가움과 감동이었다. 고등학생 농부가 된 진성이의 소소한 일상 이야기를 듣고 나누다 보니 마음까지 편안해지고 힐링이 되었다.

강원도 정선에 발령받아 왔을 때 수원의 제자들과 학부모님들이 여러 번 찾아와 주었다. 단풍 고운 정선초교 운동장에서 발야구도 하고 강원랜드 콘도에서 함께 고기도 구워 먹고 그다음 해엔 25인승 버스를 타고 찾아온 제자들과 학부모님들과 함께 흥정계곡에서 놀았던 소중한 추억을 떠올려 본다. 그때 제자들과 학부모님들의 응원과 사랑이 없었다면 오늘의 나는 없었을 것이다. 스승이 제자들에게 영향을 주고 살피기도 하지만 제자들이 스승을 기억해 주고 찾아줄 때 스승은 보람과 자부심은 물론이고 살아갈 힘과 용기를 얻고 소명감으로 살아가게 된다.

스승은 늘 제자들에게 본이 되고 존경받을만해야 하지만 실제의 스승을 곁에서 자세히 지켜본다면 스승 또한 흠도 많고 연약함도 많은 사람이란 것을 알 수 있다. 그렇다고 스승 된 사람이 '나도 인간이니 내 실수와 잘못이 있더라도 이해해주겠지?' 하는 자세로 살아서는 안 된다. 다른 사람들이 그렇게 이해해주면 다행이지만 우리 교사들이 잘못해 놓고 다 같은 연약한 인간이니 용서받고 이해 받기를 기대하지 말아야 한다. 교사로서 취해야 하는 마음 자세는 실수나 모르는 것에 대해 솔직히 인정하고 자신의 부족함에 대해 오픈 하는 자세이다. 옳고 그름을 따지지 말고 학생과 학부모의 입장에서 이해하고 품어주려는 마음을 가져야 한다. 그렇게 제자들의 마음을 알아주고 격려하며 기다려 주는 적용들을 하다 보면 자연스럽게 아이들과 부모님들 마음에 좋은 스승으로 남게 된다. 그런 교사는 자기가 보상받으려고 한 일들이 아님에도 불구하고 자신이 베푼 것보다 백배나 많은 사랑과 응원을 받게 된다. 그렇게 서로 연락을 주고받으며 지나다 보면, 좋을 때든 어렵고 힘든 역경 속에서든 서로 함께 기뻐해 주고 함께 울어주는 끈끈한 관계가 되는 것이다.

한번 찾아오겠다는 문자로 시작된 제자 찾기 프로젝트는 진성이의 방문으로 시즌1을 마무리하게 되었다. 그동안 마음속으로 생각만 하던 제자들과 학부모님들과의 추억들을 꺼내어 정리하며 돌아보게 되었다.

그리고 깨닫고 알게 되었다. 그동안 교사와 스승으로 내가 받은 사랑이 내가 준 것보다 수백 배 크고 많다는 것을 말이다. 그리고 이제는 '스승의 은혜'를 듣기만 할 것이 아니라 오히려 그에 걸맞은 답가를 불러야 할 때가 되었다는 것이다.

또 하나의 열매를 바라며, 사랑하는 제자들과 학부모님들에게 감사와 사랑의 마음을 담아 답가를 보낸다.

-끝-

클립을 하나 꺼내려다 그만 실수로 한 통을 다 바닥에 쏟아버리고 말았다. 전날 손톱을 깎아서 한 개씩 주워 담기가 쉽지 않았다. 갑자기 좋은 아이디어가 떠올랐다. 칠판에 있는 자석을 이용하면 될 것 같았다. 역시나 자석을 근처에 가져가자 닿지도 않았는데 클립이 공중으로 올라와 붙었다. 그렇게 정리는 순식간에 되었다. 그 뒤로 클립 통에 자석을 한 개 넣어 두었더니 클립을 쏟을 일도 없고 한 개씩 떼서 쓰기도 좋았다.

날마다 교실에서 아이들과 만난다. 나는 아이들이 매일 학교에 오는 것이 참 신기하다. 왜냐하면 부모님들의 이해할 수 없는 행동 때문이다. 만일 부모들에게 결혼 예물로 받은 다이아몬드 반지를 매일 담임교사에게 맡겼다가 저녁에 찾아가라 하면 그렇게 할 사람이 몇이나 있을까? 그런데 반지보다 수천 수백만 배 더 소중한 자녀를 날마다 아침 일찍 깨우고 씻겨서 나에게 맡긴다. 뭘 믿고 그렇게 위험한(?) 일을 하는 것일까?

교육대학교 교사론을 배울 때 교직의 특성 중 하나가 성직이라고 배운다. 세상에서 가장 소중한 보석인 순수한 아이들을 맡아 가르치는 사람이 교사이기에 사회는 교사들에게 다른 어떤 집단보다도 높은 기대와 함께 신뢰를 보여준다. 선생님이라는 이유 하나로 아무것도 묻고 따지지 않고 자녀를 맡기는 것이다. 이런 신뢰와 존중을 받는 자리에 내가 매일 선다는 것이 영광이 아닐 수 없다. 이제 내가 할 일은 분명하다. 부모들이 믿고 기대하는 것처럼 아이들을 사랑하고 소중하게 여기고 옳은 길 선한 길로 인도하는 것이다.

옥수수 한 알을 심으면 옥수수 대궁에 옥수수가 1~2개 달리고, 그것을 까서 세어 보면 옥수수 1개에 평균 200개 낱알이 여물어 있으니 대략 200~400배의 수확이 되는 것이다. 교사로서 제자들에게 하는 격려와 칭찬도 이런 결과를 만든다. 그동안 만난 제자들에게 내가 준 것은 작은 것들인데 그들은 그것을 갖고 훌륭하게 꽃피우고 열매를 맺어가고 있었다.

이 책에 소개된 제자들의 이야기도 있지만 일일이 소개하지 못한 제자들의 보석 같은 이야기들이 많이 있다. 어찌 보면 그런 제자들의 작은 쪽지와 추억들이 조각보처럼 내 삶을 만들어 왔다. 내가 힘들고 어려울 때 먼 길도 마다하지 않고 찾아와 준 제자들과 부모님들에게 이 자리를 빌려서 사랑하고 고맙고 또한 기억하며 응원하고 있다는 인사를 꼭 하고 싶다.

이 시대에 교사로 함께 살아가는 선생님들이 이 책을 읽는다면 '선생님' '스승' 이 호칭 하나만으로도 우리가 살아갈 이유가 충분하다는 것을 함께 이야기하고 싶다. 교대 입학하고 발령받고 첫발을 내딛던 시간부터 우리들 마음속에 늘 있는 그 순수하고 뜨거운 아이들을 향한 사랑과 교직에 대한 사명감으로 가슴 벅차오르면 좋겠다. 그 마음이 바로 '클립 통에 들어간 자석'과 같지 않을까? 교사도 행복하고 아이들도 행복하고 그래서 세상도 함께 희망을 노래할 수 있게 될 것이다.

부족한 교사인 저에게 글을 쓸 기회를 주신 우리 학교 모든 분들과 중간에 글쓰기를 포기하려 할 때 따뜻하게 격려해 주시고 조언해 주신 최수정, 문주호 선생님께 감사드린다. 그리고 몇 번이나 늦은 밤까지 글을 읽고 고쳐주며 아낌없는 격려를 해준 사랑하는 아내와 아빠를 기다려준 윤석, 하임, 세이, 그리고 부모님께 고마운 마음을 전한다.

2022년 12월 크리스마스트리 만든 날에
저자 김정호